KB176796

우리들의
빌드업

우리들의 빌드업

초판 1쇄 펴낸날 2022년 10월 5일
초판 5쇄 펴낸날 2024년 10월 25일

지은이	최민경
편집장	한해숙
편집	신경아
디자인	최성수, 이이환
마케팅	박영준, 한지훈
홍보	정보영
영업관리	김효순

펴낸이	조은희
펴낸곳	주식회사 한솔수북
출판등록	제2013-000276호
주소	03996 서울시 마포구 월드컵로 96 영훈빌딩 5층
전화	편집 02-2001-5820 영업 02-2001-5828
팩스	02-2060-0108
전자우편	isoobook@eduhansol.co.kr
블로그	blog.naver.com/hsoobook
페이스북	chaekdam
인스타그램	chaekdam

ISBN 979-11-92686-04-2 43810

큐알 코드를 찍어서
독자 참여 신청을 하시면
선물을 보내 드립니다.

책담 다른 내일을 만드는 상상

우리들의
빌드업

최민경 지음

제 컴퓨터 파일에는 쓰다 만 글들이 아주 많이 있습니다. 그 글들을 완성하지 못한 이유는 아주 단순합니다. 실패할까 봐 두려워서 아예 끝을 내지 않는 방식을 택했던 거지요. 돌아보면 참 어리석은 선택이었어요. 끝내지 않는 것도 선택의 일종이니까요.

오직 가능성으로만 남고 싶어서 시도조차 하지 않는다면, 저는 세상에서 가장 많은 미완성 원고를 가진 작가가 될지도 모르겠습니다.

《우리들의 빌드업》을 쓰는 동안 저는 더 많이 실수하고 더 많이 실패하기로 결심했습니다.

수많은 실수와 실패 끝에 무엇이 있는지는 알 수 없지만요. 다만 그렇게 가는 길의 풍경에는 너무도 많은 이야기가 숨겨져 있을 거라는 걸 이제는 압니다.

모르는 사람들의 친절한 미소와 다정한 말들, 가만히 내 어깨를 두드리는 작은 손길들이 있다면 우리는 충분히 멀리까지 갈 수 있지 않을까요?

제가 이 책을 통해 전하고 싶은 말들은 바로 이런 것이었습니다. '성공'이 목적이 아니라 '성장'이 목적인 삶을 위해서라면 우리는 더 많이 실수하고 실패해야 한다는 것.
이것이 천강호가 제게 가르쳐 준 것들입니다.

최민경

차례

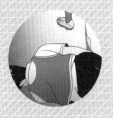

○ ○ ○ ○ ○

나는 끝났다.
어떡하지.
어떡하지.
어떡하지?

○ ○ ○ ○ ○

오늘도 하루 종일 인터넷에 올라온 영상과 댓글들을 찾아 읽으며 시간을 보냈다. 나를 향한 무서운 저주의 말들을 읽고 나니 온몸이 떨려 왔다. 다른 사람들 말대로 내가 한 아이의 미래를, 인생을 망쳐 놓았다.

○ ○ ○ ○ ○

오늘 아침 아빠가 태수의 부모님을 찾아갔다. 태수의 부모님은 아빠를 집 안으로 들이지 않고 현관문 앞에 세워 두었다. 아빠는 현관문 앞에서 무릎을 꿇었다. 한참 만에 태수 아버지가 문을 열고 나오더니 점잖은 목소리로 이렇게 말했다.

돌아가세요, 강호 아버님. 여기서 이러시는 거, 아무 소용 없습니다.

다시 현관문이 닫혔다. 닫힌 문 앞에서 아빠는 고개를 숙였다.

"아빠…….."

아빠는 돌아보지 않았다. 나는 아빠의 넓고 견고한 등을 바라보며 오히려 막막함을 느꼈다. 내가 아무리 애를 써도 열리지 않을 거대한 문이 눈앞을 가로막은 것 같았다.

아빠, 이제 가요. 제발.

그 문을 향해 속으로만 외쳤다.

한참 뒤 고개 숙이고 있던 아빠의 척추뼈가 곧게 펴지는 게 보였다. 내 앞에 서 있던 그 거대한 문이 움직이기 시작했다. 나는 내게 등을 돌린 채 엘리베이터를 향해 혼자 걸어가는 아빠를 조용히 뒤따라갔다.

소문

"야, 얘기 좀 해 줘."

"무슨 얘기?"

"너 소년원 출신이라며."

"……"

"거기 정말 군대보다 빡세냐? 너도 맞아 봤어?"

"이 새끼들이 진짜…… 궁금하면 직접 가 보든가. 강호 거기 갔다 온 지가 언젠데……."

어느새 다가온 성빈이가 불쑥 끼어들었다. 체격이 큰 성빈이가 내 앞을 가로막자 내 자리를 둘러싸고 있던 아이들이 못마땅한 얼굴로 자리를 비켜 주었다.

"아니, 뭐…… 소년원 갔다 온 게 별거냐? 그냥 얘기해 줄 수도 있지."

범수의 말에 나도 모르게 피식 웃음이 나왔다.

"참 답 없는 새끼들이네. 좋은 말로 할 때 저리 꺼져라. 응?"

"새끼…… 별것도 아닌데 민감하게 구네."

"야, 그냥 가자."

성빈이가 눈을 부리리자 결국 아이들은 쭈뼛거리며 자기 자리로 돌아갔다.

"너무 신경 쓰지 마라."

성빈이가 내 어깨에 손을 올리며 말했다. 나는 별거 아니라는 듯 손사래를 쳤다.

"그냥 궁금해서 그러는 건데, 뭘."

"아니, 그래도. 그게 언제 적 일인데……."

"범수 말대로 뭐…… 별거냐, 그게."

나는 눈썹 위 흉터를 손으로 문지르며 말했다. 병원에 입원해 있던 엄마를 아빠가 돌보는 사이 나 혼자 병원 복도에서 놀다가 넘어져 찢긴 상처라고 했다. 나는 기억에 없는데 아빠 기억에는 생생했다. 상처 부위가 깊고 넓어서 꿰매느라 전신 마취를 했다고 한다. 봉합이 끝난 뒤에도 내가 깨어나지 않자 아픈 엄마가 많이 울었다는 얘기를 아빠에게 딱 한 번 들은 게 다였다.

만지면 우둘투둘해서 습관처럼 자꾸만 손이 갔다. 눈썹 주변이 벌게지도록 문지르는 나를 성빈이가 물끄러미 바라보았다. 나는 슬그머니 손을 내린 뒤 창밖으로 시선을 돌렸다. 대여섯 명의 아이들이 운동장에서 흙먼지를 일으키며 공을 차는 게 보였다. 그 모습을 넋을 놓고 바라보았다.

"멍청한 놈, 저기서 공을 저렇게 패스하면 어떡해?"

내 어깨 너머로 운동장을 보고 있던 성빈이가 갑자기 소리쳤다.

나는 눈을 크게 뜨고 성빈이를 봤다. 나와 눈이 마주친 성빈이가 머쓱한 표정을 지었다. 그 얼굴을 보자 웃음이 터져 나왔다. 성빈이도 실없이 웃었다.

"혹시 너……."

성빈이는 힘없이 고개를 저었다.

"에이, 아니야. 공을 하도 멍청하게 차니까 답답해서……. 아무튼 나 간다. 이따 수업 끝나고 같이 가자."

내가 말없이 고개를 끄덕이자 성빈이는 내 어깨를 툭툭 치고는 자기 자리로 돌아가서 앉았다. 멀리 운동장에서 아이들이 서로 공을 달라고 외치는 소리가 들려왔다. 나는 왼쪽에 있던 커튼을 거칠게 잡아당겨 창문을 가렸다. 종이 울렸다. 점심시간이 끝났다.

빈 책상 위에 엎드린 채 눈을 감았다. 전학 온 지 한 달이나 지났지만 아직도 이 학교가 낯설기만 했다. 성빈이마저 없었다면 또다시 자퇴라는 쉬운 선택을 했을지도 모른다. 첫날 학교 교문에 들어서면서 했던 다짐은 그날 하루가 끝나기도 전에 흔적도 없이 사라져 버렸다. 언제나 그렇듯 나에 관한 소문이 나보다 먼저 도착해 있었다. 나를 맞이한 건 호기심 섞인 두려운 눈빛과 수군거림뿐이었다. 그래도 예의라는 걸 아는지 처음부터 대놓고 질문을 퍼붓는 녀석은 없었다. 아이들은 애써 내 존재를 무시하는 척했고, 나도 그게 편했다.

보름쯤 지나자 스스럼없이 내게 다가와 급식 먹으러 가자는 아

13

이가 생겼다. 중간고사 시험 범위를 물어본다거나 학원 끝나고 온라인 게임을 같이 하자고 말해 주는 녀석들도 있었다. 그래서였다. 내가 마음을 놓은 것은.

착각이었다. 어떤 설명도 필요 없이 그냥 있는 그대로의 내 모습이 받아들여진다고 믿었던 것은.

어쩌면 저 아이들은 나에게 유예 기간을 준 것이었을지도 모른다. 그동안은 내가 괴물인지 아닌지 가늠해 보느라 시간이 걸렸을 것이다. 내가 다짜고짜 주먹을 휘두를 만큼 폭력적이지는 않은지, 누구도 막을 수 없을 만큼 또라이가 아닌지 숨죽여 관찰했을 것이다. 자기들이 상상한 소년원 출신의 내 모습과 현실의 내 모습 중 어느 것이 진짜일지 혼란스러웠을 것이다.

결과는 항상 똑같다.

아이들은 귀신같이 알아본다. 누가 약자이고 누가 강자인지.

나는 어느 쪽일까.

방금 전 내게 소년원 생활을 물어온 아이들은 어디까지 알고 있을까.

이어지는 생각의 고리를 끊으려고 고개를 흔들었다. 피곤했다.

화가 났다.

그리고……

억울했다.

수호 천사

"야, 오늘 과학 샘 연수 가신다고 조용히 자습하라는데?"

과학 선생님의 호출로 교무실에 다녀온 반장의 말에 아이들이 환호했다.

"대박!"

"와, 개꿀!"

전국 모의고사 평균 꼴찌 학교답게 교실 안은 금세 난장판이 되었다. 책상 위에 펼쳐 둔 교과서를 던지는 아이, 책상을 두드리는 아이, 뒤쪽을 돌아보며 뭐라고 욕을 내뱉는 아이, 사물함 뒤쪽에 남아 있던 의자를 이어 붙여 잠잘 준비를 하는 아이……. 반장이 조용히 하라며 소리쳤지만 한동안 소란이 가시지 않았다.

"새끼들아, 조용히 잠 좀 자자, 응?"

반장의 경고가 먹혀들지 않자 반에서 힘깨나 쓴다는 기철이가 소리쳤다.

"이러다 옆 반 샘 쫓아오겠다!"

민우까지 나서자 분위기는 서서히 가라앉았다. 교실 뒤편에 서 있던 아이들도 하나둘씩 자기 자리를 찾아 앉기 시작했다. 조금 전의 들뜬 모습은 온데간데없이 사라지고 갑자기 전원이 나간 표정으로 책상 위에 엎드려 잠에 빠져드는 모습들이 꼭 좀비 같았다. 그 와중에도 짝꿍과 시시껄렁한 농담을 주고받으며 키득거리거나 휴대폰 게임에 빠져드는 아이도 있었지만, 대개는 부족한 잠을 보충하려고 책상 위에 엎드렸다. 휴대폰은 보통 아침에 반장이 걷어 담임한테 제출하지만 간혹 나처럼 공기계를 내는 애들도 많았다. 어차피 일일이 확인해 보지 않는 이상 알 수 없을 테니까.

나는 혼자서 책을 펴 놓고 열심히 문제를 푸는 성빈이의 뒷모습을 보았다. 주말에도 학원에 다니기 시작했다는 성빈이가 무슨 각오로 갑자기 공부를 시작했는지 모를 일이었다. 문득 성빈이를 다시 만났을 때가 떠올랐다.

전학 온 첫날, 선생님이 내 소개를 하라고 말했다. 나는 꿀 먹은 벙어리처럼 한마디도 못 한 채 멀뚱히 서 있기만 했다. 오랜만에 온 교실이 너무 낯설었고, 입고 있는 새 교복도 어색하기만 했다. 그렇게 한참을 서 있는데 창가 쪽 중간 자리에 앉아 있는 익숙한 얼굴과 눈이 마주쳤다. 놀랍게도 거기에 앉아 있는 건 박성빈이었다. 큰 키에 작은 얼굴, 짙은 눈썹에 날렵한 콧대. 생긴 건 그대로인데 어쩐지 내가 모르는 사람 같아서 눈을 크게 뜨고 봤다. 성빈이는 나와 시선이 마주치길 기다렸다는 듯 환하게 웃었다. 그러곤 입 모양으로 뭔가 말하기 시작했다. 나는 성빈이의 입술을 자세히 보려고 눈을 가늘게 떴다. 하지만 아무리 봐도 무슨 말을 하고 있는지 알 수가 없었다. 나중에 물어보니 '웰컴'이었다고 했다.

"참, 너 무식해서 영어 모르지? 웰컴, 환영한다고!"

놀리듯 말했지만 성빈이의 배려심이 느껴지는 말이었다.

"진짜 얼마 만이냐, 이게."

성빈이가 활짝 웃으며 말했다. 나는 머릿속으로 우리가 연락하지 않고 지냈던 시간을 헤아려 봤다. 어림잡아 1년도 더 된 것 같았다. 그리고 그 시간은 내게 지우고 싶은 기억들로만 가득한 시간이었다.

"그러게. 내가 좀 바빠야지."

내가 너스레를 떨자 성빈이가 자신의 어깨로 내 어깨를 툭 밀쳤다. 녀석의 스스럼없는 태도에 긴장이 조금 풀리는 것 같았다.

"근데 이 정도면 우리, 찐친 아니냐?"

"찐친은 무슨……."

말은 그렇게 했지만 속으론 기분이 좋았다. 녀석이 나를 여전히 친구로 생각하고 있다는 사실이 눈물 나게 고마웠다.

그리고 미안했다.

그해 겨울, 나는 수없이 걸려 오는 성빈이의 전화를 한 통도 받지 않았다. 성빈이는 지치지 않고 나에게 문자를 보내왔다. 동생 도운이에게 전화해서 나와 통화할 수 있게 해 달라고 부탁하기도 했다. 하지만 나는 거절했다. 그때는 이미 인터넷에 나와 관련한 영상과 소문이 도배된 때라 누구와도 말을 섞고 싶지 않았다. 매일 아침 눈을 뜨면 댓글에서 본 욕설들이 제일 먼저 떠올랐다. 아무리 못 본 척하려 해도 정신을 차려 보면 인터넷을 샅샅이 뒤지고 있는 나를 발견하곤 했다. 그런 내 모습을 보다 못한 아빠가 휴대폰을 망치로 부수고 인터넷도 끊었다. 그러고 나서야 얼굴도 모르는 사람들의 저주와 비난을 조금이나마 피할 수 있게 되었다. 그리고 한 달 뒤, 나는 결국 학교를 그만두었다.

"아니면 천생연분?"

"으, 지겹다. 그만 따라다녀라, 좀."

나는 애써 태연한 척 거들먹거렸다.

"어떻게 여기까지 따라오냐?"

"미친놈…… 네가 나중에 왔거든?"

우리는 어색함을 감추기 위해 농담을 주고받았다.

"그런데 놀라지 않았어?"

내 말에 성빈이가 고개를 흔들었다.

"너 중졸 검정고시 합격했다는 소식 들었거든. 다시 학교에 다니기 시작했다는 것도."

아마도 동생 도운이가 말했을 것이다. 나중에 안 사실이지만 성빈이는 도운이를 통해 꾸준히 내 소식을 챙겨 듣고 있었다. 내가 강제 전학을 오게 된 이유도 알고 있을지 궁금했지만 묻지 않았다.

"야, 내가 아무래도 전생에 나라를 구했나 보다. 너 같은 놈을 친구로 두고."

"이야, 소년원 생활이 빡세긴 했나 보네. 천강호가 인사치레도 할 줄 알고."

"새끼, 인심 좀 썼더니만."

나와 성빈이는 가벼운 주먹질을 주고받았다. 내가 성빈이의 약점인 겨드랑이를 간질이자 성빈이는 그만하라며 과장되게 엄살을 떨었다. 그 모습을 보자 모든 게 예전과 똑같다는 생각이 들었다. 성빈이는 어떨까? 이 녀석도 내가 예전의 모습 그대로라고 생각할까? 그런 생각이 들자 갑자기 기분이 가라앉았다. 물끄러미 바라보는 내 시선을 느꼈는지 성빈이가 웃음기 가신 얼굴로 물었다.

"근데 너, 키가 좀 큰 것 같네?"

나는 피식 웃었다. 성빈이 말대로 늘 또래 애들보다 한 뼘이나 작은 키 때문에 심각하게 고민한 적이 있었다. 나에게도 그런 평범한 고민을 하던 때가 있었다는 게 실감이 나지 않았다.

"그래도 힘은 너보단 내가 더 세다."

그런 평계로 성빈이는 가는 곳마다 나를 따라다녔다. 학교 안에서만큼은 자신이 내 수호 천사라나 뭐라나. 예전 같으면 무슨 소리냐며 타박했겠지만 나는 그냥 웃기만 했다. 성빈이가 무슨 마음으로 그러는지 알 것 같았기 때문이다.

지옥문

미세 먼지가 걷히고 난 뒤의 하늘은 무척이나 파랗고 깨끗했다. 나는 복도 창틀에 기댄 채 운동장을 바라보며 서 있었다. 점심 급식이 끝나자마자 운동장으로 뛰어나간 아이들이 끼리끼리 모여 놀고 있었다. 우리 반 기철이와 범수도 어딘가에서 주워 온 바람 빠진 공 하나로 번갈아 가며 슛을 날리고 있었다. 잠시 후 머리를 짧게 깎은 서너 명의 아이들이 기철이한테 다가가 뭐라고 말을 건네는 게 보였다. 머리 모양이 비슷한 걸로 봐서 축구부 애들인 것 같았다. 딱 봐도 키가 180은 넘을 듯한 한 아이의 손에 축구공 하나가 들려 있었다. 나는 열린 창문 틈으로 상체를 내밀었다.

2014년 브라질 월드컵 공인구인 '브라주카'. 바람개비 모양의 패널로 만들어진 브라주카는 화려한 색감 때문에 멀리서 봐도 알아보기가 쉬웠다. 공의 어느 곳을 차도 일정한 궤적을 그리며 날아가기 때문에 호날두 같은 무회전 프리키커들이 선호하는 공으로 알려져 있었다. 반면에 골키퍼에게는 악랄한 위력을 선사하는 공으로 유명했다.

키 큰 아이가 골키퍼를 맡았다. 한 명씩 돌아가며 슛을 넣기로 한 모양이었다. 자신이 때린 슛이 골대를 맞고 튕겨 나가자 범수가 과장된 몸짓으로 머리통을 부여잡으며 아쉬워했다. 뒤에 서 있던 아이들이 그 모습을 보고 깔깔거렸다.

한눈에 봐도 날렵하게 생긴 빡빡이가 두 번째 키커로 나섰다. 나는 빡빡이의 발동작을 유심히 보려고 눈을 가늘게 떴다. 주발과 디딤발의 각도가 완벽했다. 예상대로 골키퍼가 공의 방향을 가늠해 보기도 전에 공이 뒤쪽 그물망을 가볍게 흔들었다.

나이스!

속으로 작게 환호성을 질렀다.

"뭘 그렇게 봐?"

화들짝 놀라 뒤를 돌아보니 성빈이가 서 있었다.

"그럴 줄 알았다, 내가."

어느새 옆으로 다가온 성빈이가 밖을 내다보며 말했다.

"그냥, 옛날 생각이 나서……."

태연스레 어깨를 으쓱거리며 말했다.

"누가 보면 겁나 늙은 줄 알겠네."

성빈이의 말에 피식 웃음이 나왔다.

"인간은 태어날 때부터 늙기 시작하는 거래."

듣고 보니 그렇다는 듯 성빈이가 "오오!" 하고 고개를 끄덕였다. 그러곤 뒤돌아서 교실로 향하는 내 어깨 위에 자신의 팔 하나를 턱 하니 걸쳤다.

"소년원에서 그런 것도 가르쳐 주디?"

"짜식! 그만 까불어라. 응?"

우리가 장난스레 투덕거리는 사이 누군가 또 골망을 흔들었는지 등 뒤에서 아이들이 환호하는 소리가 들려왔다. 그 순간 성빈이와 약속이나 한 듯 얼굴을 마주 보았다. 그러곤 동시에 멋쩍은 미소를 지었다.

"하, 짜식들…… 더럽게 시끄럽네."

성빈이가 아무 감정이 실려 있지 않은 목소리로 투덜거렸다. 그러곤 교실을 향해 터덜터덜 걸어 들어갔다. 그 모습을 보자 문득우리 두 사람 다 그 환호성을 그리워하고 있을지도 모른다는 생각이 들었다.

6교시, 화법과 작문 시간.

모기처럼 앵앵거리는 국어 선생님의 목소리 덕분에 교실은 거의 수면실이 되었다. 한두 명 빼고는 대부분의 아이들이 졸음과 사투를 벌이고 있었다. 대놓고 엎드려 자는 애들이 반, 고개만 숙인채 조는 애들이 반이었다. 그런 분위기 속에서도 성빈이는 노트 필기를 하느라 열심이었다. 그런 성빈이 모습이 볼 때마다 낯설었다. 늘 까맣게 탄 얼굴로 운동장을 신나게 뛰어다니던 녀석이…….

턱을 괴고 있던 왼쪽 손목이 저려 왔다. 팔의 위치를 바꾸려고 몸을 움직이는 순간 주머니 속에서 진동이 느껴졌다. 들키지 않게 책상 밑에서 휴대폰을 열어 메시지를 확인했다.

- 야, 오늘 알지? 10만 원 갖고 6시까지 롯데리아 2층으로 와라.
오늘 너 하는 거 봐서 여자 친구 소개시켜 줄게ㅋㅋㅋㅋㅋㅋ

문자를 확인한 뒤 휴대폰을 도로 주머니에 쑤셔 넣었다. 가슴이 꽉 막힌 듯 답답해졌다. 안 그래도 지난번 일로 한동안 연락이 뜸했던 태수였다. 혹시라도 태수가 그 일에 대해 미안함을 느낀다면 괜찮다고 말하려고 했는데, 문자 내용을 보니 나 혼자 또 희망 회로를 돌렸다는 생각이 들었다. 기운이 쏙 빠졌다. 책상 위에 엎드리려는데 주머니 속에서 또다시 짧은 진동이 느껴졌다.

- 씹냐?

아차, 싶었다. 지난번에 새로운 미션이 추가되었다는 걸 깜박했다. 10초 내로 답장하기. 메시지 창에 빠르게 글자를 입력했다.

- 아, 미안. 수업 중이라 그랬어.
돈 가지고 갈게. 이따 보자.

휴대폰을 닫고 책상 위에 이마를 쿵 박았다.
오늘 하루, 지옥문이 열리고 있었다.

수업이 끝나자마자 곧장 집으로 달려왔다. 복도에서 성빈이가 같이 가자며 큰 소리로 내 이름을 불렀지만 못 들은 척 뛰쳐나왔다. 집으로 돌아오자마자 교복 셔츠를 벗어던지고 컴퓨터 책상 앞에 앉았다. 도운이가 태권도 학원에서 돌아오기 전에 서둘러야 했다. 새로 만든 아이디로 중고나라와 당근마켓에 미리 캡처해 둔 사진을 찾아서 올렸다. 그리고 댓글 알림 설정을 해 둔 뒤 자리에서 일어났다.

의자 위에 걸쳐 둔 사복으로 대충 갈아입었다. 화장실에서 찬물로 세수를 하고 나오니 미리 올려둔 냄비 안의 물이 끓고 있었다. 컵라면에 물을 부은 뒤 어제 먹다 남은 피자 한 조각을 전자레인지로 데웠다. 컵라면과 데운 피자를 들고 컴퓨터 앞에 가서 앉았다.

- 물건 직접 보고 구매하고 싶은데 직거래는 안 되나요?

라면 한 젓가락을 삼키기도 전에 댓글이 달렸다. 나도 모르게 또 눈썹 위를 문질렀다. 뭐라고 답을 해야 할지 머리를 굴렸다.

- 지역이 어디신데요?
- 부천 소사요.
- 저는 대구라서요ㅜㅜ 죄송합니다. 직거래는 힘들겠네요.

답장을 기다리는 동안 피자 한 조각을 허겁지겁 먹어 치웠다.

- 네, 그럼 제품 상세 사진 좀 볼 수 있을까요?

재빨리 사진 두어 장을 더 첨부했다.

- 물건 이상 없는 거 확실하면 제가 구매할게요.
- 네, 그럼 제가 지금 회사라 조금 바쁘니 이따가 제 카톡 아이디 보내 드릴게요. 그쪽으로 다시 연락 주시면 계좌 번호 보내 드릴게요.

카톡으로 거래를 유도하기 위해 프로필 사진을 바꾸었다. 상대가 안심하기로는 강아지 사진이 제격이었다. 상태 메시지도 좀 더 어른스럽게 바꾸어 놓아야 했다. 열심히 키보드를 두드리는데 갑자기 휴대폰이 울렸다. 깜짝 놀라 팔을 움찔거리는 바람에 하마터면 컵라면을 엎지를 뻔했다. 간신히 정신을 차린 뒤 화면에 뜬 번호를 봤다. 성빈이였다. 전화벨이 끊길 때까지 기다렸다. 덥지도 않은데 자꾸만 손에서 땀이 났다. 휴대폰 액정 화면에 부재중 전화 표시가 떴다가 사라졌다. 나는 휴대폰에 뜬 성빈이의 전화번호를 멍하니 바라보다 문득 정신을 차렸다. 그러곤 상태 메시지 창에 문자를 입력하기 시작했다.

천강호. 너 뭐 하는 거야, 지금.

순간 성빈이의 실망스러운 목소리가 들리는 듯했다.

나도 어쩔 수 없어. 이번이 마지막이야.

하지만 또다시 들려온 목소리는 내 손가락을 그대로 얼어붙게 만들었다.

정말 이번이 마지막이야?
장담할 수 있어……?

그래, 자신할 수 없다.
이런 식으로는 오래 버틸 수 없을 것이다. 게다가 또 한 번 걸리면 이번에는 3개월짜리 단기 처분이 아니라 2년짜리 장기 처분을 받을 확률이 컸다. 다신 그곳에 가지 않겠다고 소년원 선생님들이랑 약속했는데…….

- 10만 원이죠? 계좌 번호 알려 주시면 주소 찍어 보낼게요.

카톡 알림음이 울렸다.
아, 어떡하지.
어떡하지.
어떡하지……?
나, 어떻게 해야 돼?

보호 소년

"강호 아버님, 하고 싶은 말씀이 있으면 지금 해 보세요."

소년 법정에 서던 날, 판사가 아빠에게 말했다. 참고인석에 앉아 있던 아빠는 넋이 나간 듯한 얼굴로 멍하니 피고인석을 한번 쳐다봤다. 아빠와 눈이 마주칠까 봐 얼른 시선을 피했다.

"제, 제가 입이 열 개라도 할, 말이 없습니다. 모두 다, 제 불찰이고……."

아빠의 힘없는 목소리가 텅 빈 법정 안에 공허하게 울려 퍼졌다. 어지러웠다. 속이 울렁거렸다.

"그, 그러니까 제발 한 번만 선처를 해 주시면…… 좋겠, 아니 부탁…… 부탁드립니다."

깍지 낀 두 손을 책상 위에 올려둔 채 말을 더듬는 아빠를 보기가 힘들었다. 간신히 말을 마친 아빠가 양복 주머니에서 손수건을 꺼내 이마를 닦았다. 등 뒤에서 누군가 훌쩍거리는 소리가 들렸다. 나도 모르게 뒤를 돌아다봤다. 순간 숨이 턱하니 막혀 왔다. 붉게 충혈된 눈을 치켜뜬 채 도운이가 나를 보고 있었다. 황급히 고개를 돌렸다.

모든 게 비현실적으로 느껴졌다. 아빠와 도운이, 그리고 나, 이렇게 세 사람이 무대 위에서 연극을 하고 있는 것만 같았다.

그 와중에도 아빠가 입고 온 구겨진 양복에 눈길이 갔다. 나름대로 갖춰 입느라고 구두까지 신은 모양이었다. 여러 번 꺾어 신어 뒤축이 닳아빠진 바로 그 갈색 구두였다. 보기 싫으니까 제발 갖다 버리라고 말해도 한사코 멀쩡하다며 신발장에 넣어두곤 했는데 이런 곳에 오려고 신게 될 줄은 몰랐을 것이다. 좀체 양복을 입을 일이 없는 아빠여서 그런지 양복에 구두를 신은 모습이 어색했다. 문득 일은 어떻게 하고 왔는지 궁금했다. 지금 한창 바쁜 철이라 시간을 내기도 힘들었을 텐데…….

화물차 운송기사인 아빠는 낡은 트럭 한 대를 몰고 전국을 돌아다니느라 집을 떠나 있는 시간이 많았다. 그래서 나와 도운이는 어릴 때부터 아빠 없이 생활하는 데 익숙했다. 그저 익숙했던 것이지 편안하고 좋았다는 뜻은 아니다. 한때는 도운이가 사라져 버렸으면 하고 바란 적도 있었으니까. 그만큼 어린 나이에 동생을 챙겨가며 학교에 다닌다는 게 말처럼 쉬운 일은 아니었다.

그게 미안했던지 아빠도 나름대로 최선을 다했다. 학교에서 중요한 행사가 있으면 어떻게 해서든 시간을 내 보려고 했고 혹시라도 우리가 친구들 앞에서 기 죽을까 봐 학용품이나 옷차림에도 신경을 썼다. 방학 때면 꼭 한 번은 우리를 유명한 관광지나 놀이공원 같은 곳에 데려갔다. 그런 곳에 가면 아빠는 사진을 많이 찍었다. 마치 사진을 찍기 위해 놀러 간 것처럼 느껴질 정도로. 걸핏하면 휴대폰 카메라를 들이대는 아빠를 귀찮아하면서도 나와 도운이는 결국에는 손가락으로 브이 자를 만들며 카메라를 향해 애매한 미소를 짓곤 했다. 지금도 아빠 트럭 운전대 위에는 이상하게 얼굴을 찡그리며 웃는 우리 모습이 담긴 사진이 있었다. 비록 여행의 교통수단이 아빠의 낡은 트럭이었지만 우리는 대체로 즐거웠던 것 같다. 엄마가 없다는 사실만 빼면.

나는 고개를 떨군 채 생각했다. 대체 내가 저 두 사람에게 무슨 짓을 한 거지? 그리고 나는 왜 여기에 서 있는 거지? 대체 왜?

"이상한 게, 강호는 짧은 시간 안에 많은 비행을 저질렀어요. 이 부분 주의 깊게 관찰할 필요가 있을 것 같습니다. 강호의 교우 관계를 잘 살펴보세요."

판사의 충고에 아빠가 고개를 끄덕였다.

"천강호."

판사가 내 이름을 불렀다.

"네."

겨우 대답했다.

"아버지한테 할 말 있으면 해 봐."

무슨 말인가 싶어 앞을 쳐다봤다.

"마지막으로 할 말 있으면 해 보라고. 너한테 기회를 주는 거야."

다시 고개를 숙였다.

"……."

"아버지한테 할 말 없어?"

판사가 재촉했지만 머릿속이 텅 빈 것 같았다. 1초가 1년처럼 길었다. 뭔가 말하고 싶었지만 차마 입이 떨어지지 않았다. 아빠의 모습을 똑바로 볼 수조차 없었다.

더 이상 기다려 줄 수 없다는 듯 판사가 입을 열었다.

"자, 이제 처분하겠습니다. 9호 처분합니다. 7일 이내에 법원에 항고할 수 있습니다."

심장이 덜컥 내려앉는 것 같았다. 단기 소년원 송치. 아마도 지난번 4호 보호 관찰 처분을 받았을 때 부가적으로 받았던 상담 시간을 채우지 못한 게 판결에 큰 영향을 미친 것 같았다. 보호 관찰법 위반은 그만큼 큰 죄였다.

세 번의 사기와 휴대폰 절취 등 특수 절도. 보호 관찰법 위반. 이것이 나에게 내려진 죄명이었다.

나는 어쩌다 이 지경이 됐을까?

아빠와 도운이가 보는 앞에서 교정관들과 함께 법정을 빠져나왔다. 신발이 무겁게 질질 끌렸다. 도운이의 훌쩍이는 소리가 내 뒷목을 잡아당기는 것 같았다. 처음으로 내 존재가 너무 버겁다는 생각이 들었다.

소년원 생활은 낯설었지만 생각보다 무섭지는 않았다. 그곳에서 중학교 과정 수업을 듣고 직업 훈련을 받았다. 중학교 검정고시에 합격하면 고등학교에 갈 수 있다고 했다. 처음으로 내가 다시 학교에 다닐 수 있을지 모른다고 생각했다.

평범함…….

그곳에 있는 대부분의 아이들이 원하는 건 단지 그거였다. 하지만 누군가에겐 평범하게 산다는 게 얼마나 어려운 일인지 그때 알았다.

"태어나지 않았으면 이렇게 힘들게 살지 않아도 되잖아."

나와 같은 방을 썼던 열여덟 살 호승이 형은 자신을 태어나게 만든 부모가 원망스럽다고 했다. 어릴 때 아빠가 다 같이 죽자며 방 안에 번개탄을 피운 적이 있었는데 너무 무서워서 도망도 못 가고 꼼짝없이 방 안에 갇혀 있었다고 한다. 다행히 이웃집 할머니가 일찍 발견하는 바람에 호승이 형은 살았다.

"아빠는 죽었고 누나는 그 후유증으로 바보가 됐어. 뇌에 산소 공급이 안 되어 그렇다나 뭐라나."

그런 이야기를 아무렇지도 않게 말하는 형의 얼굴은 백 살 먹은 노인의 얼굴처럼 아무런 표정이 없었다.

"넌 밖에 나가면 제일 먼저 뭐 하고 싶어?"

분노 조절이 안 돼 가끔씩 소란을 피우는 호승이 형이 보름간 징벌방에 다녀온 뒤 대뜸 물어온 말이었다.

"글쎄……."

생각할 틈도 주지 않고 호승이 형이 먼저 입을 열었다.

"난 치킨 먹고 싶어. 후라이드 반 양념 반. 그다음엔 PC방 가서

라면 먹는 거."

호승이 형이 아이처럼 씩 웃었다.

문득 아빠랑 도운이랑 셋이서 함께 먹던 치킨이 생각났다. 튀김옷을 입히지 않고 통째로 튀겨 낸 옛날 통닭은 나와 도운이의 최애 간식이었다. 아빠가 집에 오는 날이면 우리는 아빠보다 재래시장에서 사 가지고 올 통닭을 더 기다릴 정도였다.

평소 도운이에게 많은 걸 양보하는 나였지만 먹을 때만큼은 나도 지지 않았다. 허구한 날 땡볕 아래서 뛰어다니며 공을 차느라 돌아서면 배가 고팠다. 집에 와서는 체력 훈련이랍시고 도운이를 데리고 뒷산 오르막길을 열 번도 넘게 오르내리곤 했다. 그래서인지 아빠만 보면 절로 배고프다는 소리가 나왔다. 아빠는 그 소리가 세상에서 제일 무섭다고 했다. 무섭지만 좋은 것. 그건 바로 배고픈 자식들을 먹이는 일이라고 했다. 에이, 그게 무슨 말이야. 도운이의 말에 아빠는 말없이 미소 짓기만 했다. 그땐 몰랐는데 이제야 그 말의 의미를 알 것도 같았다.

무섭지만 좋은 것.
아빠 말대로 그런 게 세상에는 있었다.

다시 세상 밖으로 나가는 일.
무섭지만 좋고, 좋지만 무서운 것.

기상 시간 6시 45분

취침 시간 21시

정해진 일과를 마치면 저녁을 먹고 방 안에 들어갔다. 그 시간 이후로는 방에서 한 발짝도 나가지 못했다. 화장실에 갈 때조차 소년원 선생님이 따라다녔다. 감시가 일상이었지만 누군가 나의 하루를 지켜보고 있다는 사실이 나쁘지 않았다. 간혹 그 안에서 억눌린 분노를 터뜨리는 아이도 있었다. 자유가 없는 생활을 못 견뎌 하거나 정해진 규칙을 답답해하기도 했다. 하지만 나는 아니었다. 나는 바깥세상보다 그곳에서 안전함을 느꼈다. 나에게는 소년원 밖 세상이 더 감옥처럼 느껴졌다.

"어휴, 이것 좀 봐 줘. 혼자 하려니까 머리 아파 죽겠네!"

여자 친구에게 편지를 쓰던 호승이 형이 뒤통수를 긁적이며 말했다. 아까부터 한참을 낑낑거렸던 것 같은데 여태 한 줄밖에 쓰지 못하고 있었던 것이다.

"에이씨, 말로 하라면 잘할 수 있는데 글로 쓰려니까 왠지 쑥스러워서."

보다 못한 내가 편지에 쓸 내용을 한 줄씩 불러 주기 시작했다. 내가 불러 준 내용을 냉큼 받아 적느라 호승이 형의 손이 바쁘게 움직이기 시작했다. 마침내 편지가 완성되었을 때 호승이 형은 편지를 들고 소리 내어 읽었다. 안녕, 나 호승이야. 잘 지내고 있냐? 나는 여기서 잘 있어…….

호승이 형이 환한 얼굴로 편지를 읽어 내려가는 걸 보니 나도 누군가에게 내 안부를 전하고 싶다는 생각이 들었다. 호승이 형이 다 쓴 편지지를 봉투에 넣고 주소를 적는 동안 혼자서 조용히 구석으로 갔다. 사물함에 국어 선생님이 나눠 준 편지지 뭉치와 연필이 들어 있었다. 망설이다 몇 장을 뜯어 낸 뒤 바닥에 엎드렸다. 막상 편지를 쓰려니 누구한테 쓸지 생각이 나지 않았다. 아빠나 도운이한테 쓰기는 좀 그렇고 중학교 친구들은 연락이 끊긴 지 오래였다. 결국 고민 끝에 연필을 들었다.

나에게.
안녕, 강호야.
나는 강호야. 너도 알겠지만.
~~안녕, 강호야.~~
잘 지내고 있니?
나는 잘 지내고 있어.
앞으로도 계속 잘 지내길 바랄게.

거기까지 쓴 뒤에 연필을 내려놓았다. 더 이상 쓸 말이 생각나지 않기도 했지만 그걸로 충분하단 생각이 들었다. 나는 나에게 쓴 첫 번째 편지를 반듯하게 접어 흰색 편지 봉투에 집어넣었다. 그리고 봉투 위에 날짜를 적은 뒤 검정고시 기출 문제집 사이에 끼워 놓았다.

최선의 선택

"하이고 마, 이게 무슨 일이고……."

집주인인 401호 할머니의 걱정스러운 말투에 어깨를 움츠렸다.

"그, 지금 학원 선생님이 병원에 데려간다고 연락을 주셔 가지고요……. 저보고 그리로 오라고 하는데, 제가 지금……."

반쯤 열린 현관문 사이로 생선 굽는 냄새가 새어 나왔다. 나도 모르게 침을 꿀꺽 삼켰다.

"아니, 뭐 그렇게 크게 다친 건 아니라고 하는데, 그래도 혹시 몰라서요."

"그라믄 니 여기서 뭐하고 있노. 얼른 가 봐야지."

"네, 근데 지금 아빠랑 연락이 안 되어서요. 병원비가 얼마 나올지 몰라서……. 제가 지금 현금이 없어서……."

평소에도 나만 보면 동생을 잘 챙긴다며 칭찬해 주던 할머니였다. 그런 할머니 앞에서 거짓말을 하려니 고개를 들 수가 없었다.

"고마 있어 봐라."

할머니는 현관문을 고정시켜 놓은 채 집 안으로 들어갔다. 눈썹 주변이 빨개지도록 흉터를 문질렀다.

"봐라. 나도 지금 지갑에 현금이 이기밖에 없어 가지고. 이거 가 꼬 되나?"

할머니가 내민 오만 원권 지폐 두 장을 냉큼 받았다.

"네, 이 정도면 될 것 같아요. 정말 감사합니다. 아빠하고 연락되 면 바로 갚으라고 말씀드릴게요."

"그래, 알았다. 어여 가서 니 동생 괜안은지나 봐라."

나는 폴더처럼 허리를 굽혀 인사했다. 그러곤 뒤돌아서 급하게 계단을 뛰어 내려왔다. 할머니 집 현관문이 닫히는 소리가 들렸다. 선뜻 도움을 베푸는 할머니에게 죄책감을 느꼈지만 이 방법밖엔 달리 생각나는 게 없었다.

돈을 구했으니 다음엔 도운이를 붙잡아 둘 궁리를 해야 했다. 오늘 하루만 무사히 넘기면 될 것 같은데……. 나는 우리 집 현관 문을 열고 들어가 가방을 챙겼다. 그리고 도운이에게 전화를 걸었 다. 도운이는 한 번에 내 전화를 받았다.

"왜?"

받자마자 도운이가 물었다.

"아니, 형 친구들이랑 약속이 있거든. 그래서 너 PC방 가 있으 면 오는 길에 형이 그리로 데리러 가려고……. 어때?"

"나 겜 할 돈 없는데?"

"어, 이따 형이 가서 줄 테니까 일단 친구들한테 좀 빌려. 가서 먹고 싶은 거 있음 다 먹어도 되고."

"……."

"싫어?"

"아니, 그건 아닌데…… 갑자기 왜 그러는데?"

"아니, 너 혼자 집에 있으면 심심할까 봐 그러지. 그리고 너 친구들이랑 PC방 가고 싶다며?"

"……그래도 돼?"

"그러라니깐."

"그래, 그럼."

오케이, 됐다!

계획대로 일이 술술 풀렸다. 할머니에게 빌린 돈이 주머니 속에 잘 있는지 확인한 다음 신발을 신었다. 밖으로 나서니 커다란 이삿짐 트럭이 공동 현관문 앞을 막아서고 있었다. 이제 막 내려놓은 듯한 이삿짐이 단출해 보였다. 누군가 맞은편 광명빌라로 이사를 오는 모양이었다.

"에이씨, 바빠 죽겠는데."

통로를 막고 있는 짐을 피하려고 신경질적으로 몸을 옆으로 돌렸다. 순간, 반쯤 열린 이삿짐 상자 사이로 축구화 한 켤레가 보였다. 지난해 한정판으로 나온 나이키 머큐리얼 슈퍼 플라이 8엘리트. 지금 팔아도 원가의 두 배는 받을 수 있는 제품이었다. 할머니에게 빌린 돈을 갚고도 남을 액수인데. 어수선한 틈을 타서 가방 속에 집어넣는다면…….

"어이 학생, 갈 거면 빨리 좀 지나가지?"

37

큰 키에 다부진 체격의 남자가 커다란 화분을 든 채 눈앞을 가로막고 서 있었다.

"에이씨……."

나도 모르게 얼굴이 붉어졌다. 나쁜 생각을 한 건 나인데 괜스레 화가 났다. 남자가 뭐라고 하기도 전에 트럭과 건물 사이를 재빨리 빠져나와 달리기 시작했다.

6시 정각. 롯데리아 2층에 도착했다. 늦지 않게 달려오느라 숨이 턱까지 차올랐다. 숨을 고를 새도 없이 나를 향해 손짓하는 태수와 눈이 마주쳤다. 태수 양옆으로 노랑머리와 덩치가 보였다. 고등학교에 입학한 뒤로 태수가 줄곧 어울려 다니는 아이들이었다. 얼핏 듣기로는 노랑머리와 덩치 패거리가 중공고와 그 일대 고등학교 일진들을 휘어잡고 있다고 했다. 따지고 보면 지난번 내가 강제 전학을 당한 것도 태수보다는 덩치 탓이 컸다.

- 야, 넥슨 PC방에 가서 우리 가방 좀 갖다 줘. 지금 빨리.

그날 오후 태수는 다짜고짜 카톡을 보내왔다. 집에서 혼자 라면을 먹다 말고 일어선 나는 서둘러 옷을 챙겨 입고 밖으로 나섰다.

가방을 들고 달려간 곳은 태수네 학교 근처의 허름한 주택 단지 안 골목이었다. 가방 세 개를 어깨와 등에 줄줄이 매달고 골목에 들어서자 노랑머리와 덩치의 뒷모습이 보였다. 황토색 바지에 갈색 재킷을 입은 누군가가 벽에 바짝 붙어 서 있는 것도 보였다. 한 눈에 봐도 우리 학교 교복이었다. 노랑머리가 키가 작고 몸이 왜소한 그 애 뒤통수를 툭툭 때리며 낄낄거렸다. 한 발짝 떨어진 곳에 서 있던 태수도 팔짱을 낀 채 웃고 있었다. 그걸 보자 단번에 무슨 상황인지 이해가 됐다. 어떡하지. 가방을 돌려주려던 나는 골목 끝에서 멈칫거렸다. 때마침 나를 본 태수가 귀찮다는 듯 손을 흔들었다. 망이나 보고 있으라는 신호였다.

어떻게 해야 할까 잠시 고민하는 사이, 덩치가 그 애를 향해 갑작스럽게 주먹을 날렸다. 깜짝 놀란 나는 바보처럼 눈만 껌뻑거리고 서 있었다. 상대방 아이도 얼떨떨한 표정이었다. 그때 녀석과 시선이 마주쳤다. 나는 속으로 빨리 도망가라고 외쳤지만 그 말이 들릴 턱이 없었다. 순간 덩치가 녀석의 가슴팍을 발로 퍽 찼다. 녀석이 허수아비처럼 쓰러졌다. 다행히 얼마 지나지 않아 지나가던 동네 주민이 우리를 봤다. 그러고는 몇 분 지나지 않아 경찰차 사이렌이 울렸다.

"얘들아, 난 아무 짓도 안 했다. 알지?"

그 말을 한 뒤 덩치는 내 어깨에 매달린 가방을 잽싸게 낚아채더니 뛰기 시작했다. 노랑머리와 태수도 그 뒤를 따라 어디론가 내뺐다. 골목에는 그 애와 나 둘뿐이었다.

며칠 뒤 학교폭력대책위원회가 열렸다. 그리고 나는 강제 전학을 권고받았다. 피해 학생은 끝까지 내 시선을 피했다.

"나 아닌 거 알잖아. 난 그때……."

순간 나를 매섭게 노려보는 눈빛에 멈칫하고 말았다. 내가 아무리 변명해 봐야 녀석의 눈에는 나 역시 태수네 패거리에 불과했을 것이다. 나는 녀석을 이해했다. 노랑머리나 덩치를 신고해 봐야 복수할 게 뻔했다. 그러니 나여야 했다. 경찰에 사건이 접수된 이상 부모님이 알게 되었을 테고, 부모님의 성화에 할 수 없이 학교폭력대책위원회가 열렸을 테고, 할 수 없이 가장 만만한 나를 지목했을 테고……. 다신 예전처럼 살지 않겠다던 소년원에서의 내 다짐은 그렇게 어이없이 무너져 버렸다.

"하, 새끼. 빨리 좀 오지. 배고파 죽겠구만."

태수의 말에 덩치가 낄낄거렸다. 나는 태연한 척 웃으며 태수 맞은편에 가서 앉았다.

"야, 씨발…… 누가 앉으랬어?"

벌떡 일어섰다. 그걸 본 태수 친구들이 또 깔깔거렸다.

"야, 앉아, 앉아. 그렇다고 누가 또 서 있으랬냐?"

다시 앉았다. 이번에는 좀 천천히.

"돈은 가져왔지?"

주머니에 넣어둔 지폐 두 장을 꺼내 내밀었다.

"준호야, 네가 챙겨라."

노랑머리가 씨익 웃으며 테이블 위에 놓인 돈을 얼른 가져갔다.

"알아서 주문해 와. 세트로. 나 치즈볼 좋아하는 거 알지?"

태수의 말에 노랑머리가 고개를 까딱하고 1층으로 내려갔다.

"야, 근데 민아 걔 진짜 바보 아니냐?"

비스듬히 앉은 덩치가 한 팔을 테이블 위에 올리며 말했다.

"내가 걔 때문에 완전 죽겠다. 대놓고 싫다고 해도 애가 기 죽는 법이 없어요, 어떻게 된 게."

태수가 허세 가득한 목소리로 거들먹거렸다.

"그냥 좀 받아 줘라. 그렇게 좋다는데."

"임마, 넌 안 당해 봐서 몰라. 완전 스토커야, 스토커."

두 사람은 마치 내가 그 자리에 없다는 듯 마음껏 떠들었다. 나는 속으로 심호흡을 했다. 이제 용기 내서 말할 차례였다. 이번이 마지막이라고. 나도 할 만큼 했다고……. 여기 오기 전에 몇 번이나 연습한 말이었다.

"그래서 말이야……."

혼자서 무슨 생각을 했는지 갑자기 태수가 웃기 시작했다. 그러곤 덩치의 귀에 대고 뭐라고 속닥거렸다.

"헐, 대박! 존나 참신한데?"

뭐가 우스운지 두 사람은 테이블까지 두드려 대며 깔깔거렸다. 웃음이 잦아들기를 기다리는 동안 속으로 할 말을 정리했다. 노랑머리가 주문한 음식을 들고 오기 전에 말하는 게 좋을 것 같았다.

"저기……."

한참을 웃던 태수의 표정이 그 순간 무섭게 변했다. 심장이 움찔했다.

"왜, 할 말 있어?"

태수가 상체를 내 쪽으로 기울였다. 덩치도 흥미롭다는 듯 테이블 위에 팔꿈치를 올리고 턱을 괴었다.

"아니, 이제······."

도저히 입이 떨어지지 않았다. 더군다나 지금 태수 옆에는 덩치와 노랑머리가 있었다. 이 녀석들과 함께 있을 때면 태수는 유독 나를 더 함부로 대했다. 마치 친구들에게 비싼 장난감을 자랑하고 싶어 하는 어린애처럼 순수하게 거들먹거렸다. 그러니 말이 통할 리가 없었다.

"어, 그게 말이야······."

두 쌍의 눈이 나를 향했다.

"어허, 그러지 말고 속 시원히 말을 해 보시오. 사내답게!"

덩치가 장난스럽게 말한 뒤 킬킬거렸다. 태수도 옆에서 따라 웃었다. 자신들은 장난일지 몰라도 나는 그 한마디에 심장이 움찔거렸다. 짧은 순간이었지만 수많은 생각이 스쳤다. 말을 할까, 말까. 아빠가 억지로 학원에 등록시키는 바람에 앞으로 자주 못 볼지도 몰라. 여기 오기 전 몇 번이나 연습한 말이었다. 생각보다 간단했다. 그렇게 말하면 태수도 별 수 없지 않을까 싶었다.

"아니, 이제······ 자주 못 볼 것······ 아니, 저기······ 그러니까 아빠가 갑자기 학원에 가라 그래서······."

거기까지 말하는데도 숨이 가쁜 것 같았다. 아주 잠깐 침묵이 흘렀다. 주먹 쥔 손에 땀이 흥건했다. 솔직히 예전의 태수 모습에 한 가닥 희망을 걸어 볼 수밖에 없었다. 성격이 좀 거칠고 승부욕이 강하긴 했어도 지금처럼 남을 괴롭히는 걸 즐기는 녀석은 아니었다. 오히려 저보다 힘이 약한 친구가 부당한 일을 겪으면 앞에 나서서 해결할 만큼 정의심도 있었다. 그러니까 지금의 태수 모습은 가짜였다. 나는 진짜 태수에게 기대를 걸어 볼 작정이었다.

"헐, 창현아, 방금 이 새끼가 뭐라디? 내가 요새 귀가 안 들려 가지고……."

태수의 능청에 덩치가 재빨리 반응했다.

"야, 우리가 싫다고 하네. 어쩌지?"

덩치가 입꼬리를 내리며 엄살을 떨었다. 그걸 본 태수가 픽 웃고 말았다. 그러고 나서 두 사람은 서로 얼굴을 마주 보며 한참을 더 낄낄거렸다.

"야, 애새끼가 졸라 귀엽다. 그지?"

"우리 강호가 많이 컸어요."

한번 내뱉은 말이었다. 까짓거 때리면 맞는 거다. 두 대를 때리면 두 대를 맞고, 열 대를 때리면 열 대를 맞으면 된다. 그걸로 다 없던 일이 될 수 있다면 그러면 된다. 여기서 물러서면 다시 예전처럼 살게 될 것이다. 거짓말하고 도둑질하고 사기 치고 그러다 또다시 소년원에 가게 되고……. 아니야, 너 오늘 실수한 거야. 지금 네 앞에 앉아 있는 태수는 네가 알던 예전의 그 태수가 아니라고. 짧은 침묵이 흐르는 그 순간에도 생각이 수천 번 바뀌었다.

"에이 씨발, 존나 피곤하네……."

"……."

43

낮게 깔린 그 목소리에 다리가 덜덜 떨려 오기 시작했다. 그나마 남아 있던 약간의 호기로움도 연기처럼 사라진 지 오래였다. 거센 파도처럼 후회가 밀려오기 시작했다. 내가 미쳤구나. 잠깐 착각했어. 이제라도 잘못했다고, 실수였다고 말할까? 내가 잠깐 머리가 어떻게 된 것 같다고. 나는 고개를 떨어트린 채 계속 몸을 떨었다.

"어, 분위기 왜 이럼?"

때마침 노랑머리가 주문한 메뉴를 들고 2층으로 올라왔다. 노랑머리는 분위기 파악을 하느라 테이블 양쪽을 번갈아 바라보더니 얌전히 쟁반을 내려놓았다.

"니들 알지? 이 새끼가 나한테 무슨 짓을 했는지."

"알지, 알지. 이 새끼 때문에 네 다리 아작 난 거. 너 그때 장애 판정 받을 뻔했다며."

언제 포장을 풀었는지 햄버거를 한 입 베어 문 덩치가 침을 튀기며 말했다.

"와, 그때 뼈가 딱 부러지는 소리 너네가 들어 봤어야 하는데. 그 큰 운동장에서 그 소리가 들릴 정도였다고."

"씨발, 꼭 볼도 못 차는 새끼들이 못된 것만 배워 가지고."

"그때 우리 학교에서도 그 영상 돌려 보고 난리였어. 고의적인 살인 태클이라고 소문 좍악 났었잖아. 와, 너 무릎 돌아가는 거 보니까 무서워서 축구 못 하겠더라. 나야 재능이 모자라 중학교 올라가면서 축구 접었지만 솔직히 넌 좀 억울한 면이 있지. 그 일 아니었음 지금쯤 우리 학교 말고 더 좋은 데서 뛰고 있을 텐데."

"임마, 우리 학교가 어때서? 지난 춘계 대회 때 4강도 했다던데. 게다가 에이스 정태수가 있으니까 앞으로 더 잘나갈 거고."

노랑머리가 태수의 어깨를 가볍게 잡고 흔들며 말했다.

"야, 정태수 실력이면 솔직히 우리 학교 말고 최소 프로 유스 구단에서 뛰어야 하는 게 맞지. 안 그러냐?"

덩치의 말에 태수가 눈을 게슴츠레 뜨고 만족스러운 미소를 띠었다. 마치 자신의 진가를 알아봐 준 것에 대한 보답처럼.

"그러니까 새끼야, 넌 진짜 애한테 잘해야 돼. 너 때문에 우리 친구가 좋은 팀에서 다 까이고 우리 학교로 온 거니까."

그랬다. 내 잘못이 맞았다. 그런 식으로 태클을 거는 건 무모한 짓이었다. 공보다 사람을 먼저 건드렸고 내 축구화가 달려드는 태수의 정강이뼈를 걷어찼다. 말도 안 되는 실수였다. 무조건 태수를 막아야 한다는 생각밖에 없었다.

발의 위치가 너무 높았다. 높이 뜬 발끝은 공이 아니라 태수의 정강이를 향했다. 누가 봐도 태수를 다치게 할 의도를 갖고 달려들었다고 볼 수밖에 없을 정도로 무모했다.

멍청했다.

위험했다.

응원하러 온 학부모들이 영상 촬영을 하는 바람에 그 장면은 지우려야 지울 수도 없게 되었다. 나중에 영상을 돌려 봤을 때는 태수 말대로 뼈가 두 동강 나는 소리가 들릴 정도였다.

전국 중등 대회를 앞두고 학교에서 팀을 나눠 연습 경기를 하

던 중이었다. 태수와 나는 주전 선수였다. 학생 수가 줄어 폐교될 위기에 처해 있던 신안중학교는 축구부 창단 이후 새로운 전환기를 맞이하고 있었다. 지역 대회를 넘어 전국 대회에서 4년 연속 결승 진출에 두 번의 우승이라는 성과를 내자 자연스레 지역 홍보까지 되었다. 멀리 수도권에서도 소문을 듣고 재능 있는 아이들이 모여들었다. 그런 신안중에서 주전을 꿰찼다는 건 웬만큼 실력을 인정받았다는 소리였다. 그래도 언제 다시 경쟁에서 밀려나 후보 선수가 될지 모른다는 긴장감은 늘 있었기에 하루도 훈련을 게을리할 수 없었다.

아마 그래서였을 것이다. 연습 경기라고는 해도 전국에서 모여든 재능 있는 아이들과의 경기였다. 당연히 치열할 수밖에 없었다. 게다가 국가 대표 출신 감독님과 코치진, 경기를 보러 오는 학부모들 모두 우리 두 사람 중 한 사람은 틀림없이 프로 선수가 될 거라고 장담하곤 했다.

나는 태수를 이기고 싶었다. 축구 선수가 되려면 그래야 할 것 같았다. 태수 한 명도 못 이기면서 어떻게 그 어렵다는 프로 선수가 되나 싶었다. 그런 욕심이 그날 해서는 안 될 실수를 저지르게 했다.

그날도 태수 어머니는 훈련장에 나와 있었다. 선수반 부모님들에게는 그런 게 일상이었다. 부모님들 중 직장에 다니지 않거나 시간이 자유로운 직업을 가진 사람이 아들의 경기를 쫓아다니고, 영상을 촬영하고, 간식을 챙기는 식이었다. 태수 어머니는 그중에서도 가장 열성이었다. 매일 훈련장에 나와 태수의 경기 장면을 촬영해서 축구부 밴드에 올리기도 했다. 태수 간식을 챙기며 다른 아이들 것까지 챙겨 주는 태수 어머니가 늘 고마웠다. 가끔은 동생과 함께 먹으라며 남은 간식을 챙겨 주기도 했다.

아들이 운동장에서 쓰러졌을 때, 태수 어머니의 비명이 영상에 고스란히 녹음되어 있었다. 그리고 다급히 의료진을 부르는 다른 아이들의 목소리도.

"아악……!"

태수의 절망적인 목소리.

"부러졌어요! 부러졌다고요!"

안타까움이 실린 아이들의 목소리.

라인 밖에 서 있던 감독님과 코치님이 의료진을 향해 다급히 손짓했다. 태수는 꺾인 다리를 붙잡은 채 고통을 호소하며 울부짖었다. 필드에서 뛰고 있던 아이들이 모두 태수를 향해 달려갔다.

중학교 2학년 겨울. 축구 선수가 꿈인 중등 선수들에게는 매우 중요한 시즌이었다. 전국의 명문 고등학교 축구부 감독들과 프로 구단 소속 유소년 클럽 스카우터들이 재능 있는 선수들을 미리 점찍어 놓기 위해 전국 규모의 중등 대회들을 보러 다녔다. 그렇게 미리 점찍어 둔 아이들을 1년 동안 더 눈여겨보다가 확신이 서면 콜업을 했다. 그런 식으로 대회에서 좋은 활약을 펼친 아이들은 3학년 중반에 일찌감치 상급 학교로의 진학을 결정지을 수 있었다.

태수는 누구나 탐낼 만한 우수한 선수였다. 이미 모 구단 소속 유스 스카우터들의 입에 오르내리고 있다는 소문이 파다했다. 일단 고등 유스에 입단한 뒤 팀 내 경쟁에서 살아남으면 졸업과 함께 프로로 직행할 수 있는 좋은 기회였다. 태수는 이번 전국 대회에서 그 실력을 증명해 보이기만 하면 되는 셈이었다. 그런데 그 기회를 내가 다 망쳐 버렸다.

축구를 오랫동안 해 온 아이라면 누구나 알았을 것이다. 그 부상이 태수의 앞날에 얼마나 치명적인지……. 게다가 태수는 그전에 이미 왼쪽 정강이뼈에 철심을 박는 수술을 한 적이 있었다. 이번에는 오른쪽이었다.

"이번에는 쉽지 않을 거야. 뼈의 부러진 면이 일정하지 않아. 딱 부러진 게 아니라 으스러졌다고 해야 할까."

다음 날 코치님에게 전해 들은 태수의 상태는 내가 생각했던 것보다 훨씬 더 심각했다.

"재활을 한다고 해도, 다시 예전만큼 잘 뛸 수 있을지 장담할 수 없고."

심장에 바람이 부는 것 같았다. 코치님의 긴 한숨 소리 때문이었다.

"야, 임마. 너…… 왜 그렇게까지……."

코치님도 말을 잇지 못했다. 나는 고개를 들 수가 없었다. 평소 누구보다도 나를 아끼고 응원해 주던 코치님이었다. 코치님은 그

49

후 선수 관리 소홀로 1개월 징계를 받았다. 모든 게 나 한 사람 때문에 벌어진 일이었다. 나의 지나친 승부욕과 잘못된 욕심 때문에.

그날 훈련은 거기서 끝이었다. 그리고 그게 운동장에서의 내 마지막 모습이기도 했다.

"씨발, 뭐 이런 새끼가 다 있냐? 알 만한 새끼가."

누군가 내 뒤통수에 대고 욕을 했다. 돌아보지 않아도 누군지 알 수 있을 만한 목소리였다. 평소 나와 같은 포지션을 놓고 치열하게 경쟁하던 한기훈이었다.

"야, 무서워서 운동하겠냐. 나도 언제 부러질지 모르는데."

"보니깐 작정하고 달려들던데, 뭐……."

운동장을 빠져나가던 아이들이 저마다 한마디씩 내뱉었다. 그 한마디 한마디가 칼처럼 뾰족했다. 감독님과 코치님 일행은 서둘러 병원으로 향했고, 아이들도 각자의 짐을 챙겨 숙소로 돌아가거나 집으로 갔다. 어느새 어두워지기 시작한 텅 빈 운동장에 나 혼자 서 있었다. 아직 식지 않은 땀 때문인지 추위가 느껴졌다.

"집에 가자."

그때 누군가 내 어깨에 손을 올리며 말했다. 뒤를 돌아보니 나처럼 땀에 젖은 얼굴로 성빈이가 서 있었다.

"여기 계속 서 있을 거 아니잖아."

그제야 다리가 후들거리기 시작했다.

"어, 가야지……."

"일부러 그런 거 아니잖아. 실수였어. 내가 너 잘 알아."

그 말에 참았던 눈물이 왈칵 쏟아졌다. 그런 나를 성빈이가 말 없이 지켜보고 서 있었다.

"아들!"

얼마쯤 시간이 흘렀을까.

누군가 운동장 바깥에서 성빈이를 불렀다. 성빈이는 난처한 얼굴로 내 눈치를 살폈다.

"빨리 가 봐. 너희 엄마 오셨나 보다."

"같이 타고 갈래?"

"아니, 너 곧바로 학원 가잖아. 난 버스 타고 가는 게 편해."

"그럼 나 먼저 갈게. 일단 오늘은 아무 생각 말고 푹 쉬어."

"어, 빨리 가."

주섬주섬 가방을 챙겨 운동장을 빠져나가는 성빈이의 뒷모습을 오래 바라보고 서 있었다. 타고난 연습벌레이자 감각적인 슈팅이 일품이었지만 부모님의 반대가 심해 언제까지 팀에 남아 있을지 알 수 없는 녀석이었다. 특히 변호사인 아버지의 반대가 심하다고 했다. 성빈이의 어머니가 어릴 때 몸이 허약한 성빈이에게 도움이 될까 싶어 방과후 축구 클럽에 등록한 뒤로 성빈이의 인생에는 축구가 전부였다. 같은 유치원을 단 덕분에 성빈이와 나는 여섯 살 때부터 함께 축구를 해 왔다. 나에게 성빈이는 축구만큼이나 중요한 친구였다.

그날 이후 내가 성빈이의 전화를 받지 않은 건 그래서였다. 성빈이의 말과 달리 실수가 아닌 것 같아서. 나도 모르는 내 마음이라는 게 있을 수도 있으니까. 평소 태수를 향한 내 감정이 전혀 실려 있지 않았다고는 말하지 못할 것 같아서.

- 누가 봐도 고의성이 있네요. 저런 게 살인 미수가 아니고 뭡니까?
- 저럴 거면 격투기를 할 것이지. 피해자만 안타깝게 됐네요.
- 요즘 중딩들 무섭다더니 운동판도 예외는 아닌 듯.
- 아들 축구시키는 학부모로서 이건 그냥 넘어갈 일이 아닌 것 같아요. 우리 아들도 언제 당할지 모르는데…….
- 저런 선수는 다시는 축구를 못하게 해야 합니다.
- 그래도 아직 어린 선수인데 너무 몰아가지 맙시다. 아이들을 저토록 승패에만 집착하도록 만든 우리 어른들이 반성해야죠.
- 님이나 반성하시길ㅋㅋㅋㅋ
- 애가 화가 많은 듯.

다음 날, 태수 부모님은 학교 축구부 밴드와 전국의 유소년 축구 관련 사이트에 영상을 편집해서 올렸다. 오랫동안 축구 하나밖에 모르고 살아온 아들의 미래가 좌절된 것에 대한 부모로서의 순수한 분노였을 것이다. 그리고 며칠 뒤, 한 인터넷 신문의 스포츠란에 '고의적인 살인 태클로 촉망받는 동료 선수를 다치게 한 C군'

의 기사가 떴다. 다친 선수와의 경쟁에서 밀려난 뒤 C군이 앙심을 품은 것 같았다는 김군의 인터뷰 기사도 있었다. 특히 피해자와 가해자란 단어에 눈길이 오래 머물렀다.

나는 그렇게 C군이 되었다.

"있잖아. 넌 모르겠지만 나 비 오거나 그러면 다리가 막 쑤시고 아프다? 이제 겨우 열일곱인데 말이야. 하긴, 너 같은 새끼는 죽었다 깨도 모르겠다. 네 다리는 멀쩡하니까."

그 말이 나를 옴짝달싹 못 하게 만들었다. 내가 아무리 용서를 빈다고 해도 결국 다리에 철심을 박고 뛰는 사람은 내가 아니라 태수였다. 태수에게 그게 어떤 의미일지 누구보다 내가 잘 알았다. 나만큼이나 태수도 축구에 목숨을 건 아이였으니까. 어릴 때부터 눈만 뜨면 축구공을 찾던 아이, 집에서 쉴 때도 축구 생각밖에 하지 않던 아이, 축구 선수가 아닌 다른 건 생각해 본 적도 없는 아이였으니까.

"그러니까 우리 자주 보자. 그래야 네가 나한테 무슨 짓을 했는지 안 잊어버리지. 안 그러냐? 그건 너무 불공평하잖아. 너 혼자 편하게 살면."

태수의 말에 노랑머리와 덩치가 동시에 고개를 끄덕였다.

"그럼, 그럼. 그건 안 되지. 잘못했으면 대가를 치러야지."

두 사람의 반응에 태수가 만족스러운 미소를 지었다. 그러곤 상체를 내밀고 내 눈을 들여다보며 조용히 말했다.

"설마 너, 벌써 다 잊은 건 아니겠지? 너와 나의 뜨거운 맹세 말이야."

그로써 완전히 포기했다. 태수와의 관계를 끝낸 뒤 평범한 학생으로 돌아가고 싶다는 바람 같은 것. 그런 건 꿈에서도 가능할 것 같지 않았다.

너는 누구의 악몽일까

밤바람이 차가웠다. 아니다. 지금은 봄에서 여름으로 넘어가는 계절인데, 어떻게 바람이 차가울 수 있지? 하지만 분명 차가운 바람이 불고 있었다. 숨을 쉴 때마다 찬바람이 목을 타고 들어왔다. 심장이 얼어붙을 만큼 추웠다. 입고 있는 티셔츠가 바람에 부풀어 올랐다. 양말을 신지 않은 맨발은 감각이 마비된 것 같았다.

'어, 안 되는데…….'

누군가 건물 옥상 위에 서 있었다. 가까이 다가가고 싶었지만 두 다리가 꼼짝도 하지 않았다. 나처럼 맨발이었고 추운데도 반팔 티셔츠만 입고 있었다. 뒤돌아 있어서 얼굴은 보이지 않았다. 너무 추워서 온몸에 소름이 돋았다. 주변을 둘러봤지만 아무것도 보이지 않았다. 깜깜한 하늘 아래 그 애와 나 단둘뿐이었다. 순간 건물 아래를 내려다보던 그 애가 난간 위로 올라서는 게 보였다. 나도 모르게 고개를 흔들었다.

'아니야, 그러지 마…….'

목소리가 나오지 않았다. 답답함에 몸부림쳤다. 식은땀이 흘렀다. 난간 위로 올라선 그 애의 몸이 바람에 휘청거리는 게 보였다.

'안 돼…… 제발……!'

막혀 있던 목소리가 터져 나왔다. 그 소리에 놀란 그 애가 뒤를 돌아다봤다.

'헉!'

나도 모르게 숨을 삼켰다. 얼굴이 있어야 할 부분이 텅 비어 있었다. 검은 구멍처럼 뚫려 있는 얼굴 사이로 먼 곳의 불빛이 보일 정도였다. 무서웠다. 소름이 돋았다. 도망치려고 했지만 몸을 움직일 수조차 없었다. 구멍 난 얼굴은 한동안 나를 향해 서 있더니 다시 천천히 고개를 돌렸다. 그러곤 허공을 향해 한 발을 내뻗었다.

'어, 어…… 으어억……!'

"혁영…… 형, 왜 그래……?"

눈을 번쩍 떴다. 도운이가 놀란 눈으로 내 얼굴을 내려다보고 있었다. 눈을 감았다. 도운이가 다시 내 어깨를 흔들었다. 천천히 눈을 뜨고 주위를 둘러봤다. 텔레비전 불빛이 불 꺼진 거실 창에 일렁였다.

"에이, 진짜……."

멍한 내 얼굴을 보던 도운이가 중얼거렸다. 그랬다. 단지 꿈을 꾼 것뿐이었다. 그걸 알게 된 도운이가 화장실에 가려고 몸을 일으켰다. 그사이 다시 눈을 감았다. 감은 눈 속에, 그 애 얼굴이 선명하게 떠올랐다. 표정이 지워진, 그래서 이목구비가 다 사라져 버린 그 얼굴은 대체 누구였을까. 다시는 똑같은 악몽을 꾸고 싶지 않았다.

화장실에 다녀온 도운이는 자리에 눕자마자 곧바로 잠에 빠져들었다. 나는 음소거되어 있던 텔레비전의 전원 버튼을 눌러 끈 뒤 어둠 속에서 한참을 누워 있었다. 다시 잠이 올 것 같지가 않았다. 휴대폰으로 시간을 확인했다. 12시 43분. 아침이 오려면 아직 멀었다.

새벽 1시. 도운이가 잠든 것을 확인한 뒤 현관문을 열었다. 등 뒤에서 도어락이 잠기는 소리가 요란하게 울렸다. 한동안 가만히 서 있다가 계단을 오르기 시작했다. 움직임을 감지한 푸른색 비상등이 켜졌다가 꺼지기를 반복했다. 계단을 다 올랐을 때는 잠시 숨을 고르고 서 있었다.

굳게 닫혀 있는 철문의 손잡이를 돌리니 문이 쉽게 열렸다. 조심스럽게 한 발을 내디뎠다. 꿈에서 본 것처럼 난간을 향해 다가갔다. 위에서 내려다보니 좁은 골목길이 한눈에 보였다. 드문드문 서 있는 가로등 불빛이 의외로 밝은 탓이었다. 길가 양옆에 빽빽이 주차되어 있는 차들 사이로 고양이 한 마리가 걸어 들어가는 게 보였다. 상체를 난간에 기댄 채 숨을 한 번 크게 내쉬었다. 그래 봐야 가슴이 답답하긴 마찬가지였다. 차라리 소년원에 있을 때가 더 나았다는 생각이 들었다. 새삼 호승이 형과 우진이가 보고 싶었다. 밖에 나가면 다시는 예전처럼 살지 않기로 약속했는데……. 오늘에서야 내가 그 약속을 지킬 수 없다는 걸 깨달았다. 그보단 태수와의 약속이 먼저였으니까.

"지금 네가 한 말, 지킬 수 있어?"

병실에 들어선 뒤 처음으로 태수가 나를 쳐다봤다. 태수가 무사히 수술을 마치고 회복 중이라는 소식을 들은 뒤 용기 내어 찾아간 길이었다. 태수를 직접 만나서 사과하고 싶었다. 내가 가서 용서를 빌면 태수가 괜찮다고 말해 줄 것 같았다. 지금 생각해 보면 왜 그런 터무니없는 기대를 했는지 모르겠지만 그땐 그냥 그랬다. 절박했으니까. 태수에게 괜찮다는 말 한마디만 들으면 다른 사람들이 뭐라고 하건 상관없을 것 같았다. 순진했다. 이기적이었다. 태수가 입원해 있는 병실의 문을 열고 들어서는 순간, 그걸 깨달았다. 그래서 그런 말도 안 되는 소리를 지껄인 것이었다.

병실에 있던 태수 어머니는 나를 보자마자 깊은 한숨을 내쉬었다. 그러곤 고개를 흔들며 병실을 나가 버렸다. 좁은 병실 안에 태수와 나 둘뿐이었다. 태수는 피식 웃더니 병실 텔레비전에 시선을 고정시켰다. 그러곤 한마디도 하지 않았다. 나는 더듬거리며 준비해 간 말을 늘어놓기 시작했다. 태수는 나와는 눈도 마주치지 않은 채 텔레비전만 뚫어져라 쳐다봤다. 결국 나는 입을 다물었다. 숨이 막혔다. 실내 온도가 지나치게 높은 것 같았다. 등에서 땀이 흐르는 게 느껴졌다.

"근데 그걸 어떻게 믿지……?"

한참 만에야 입을 뗀 태수가 말했다. 나는 깜짝 놀라 숙이고 있던 고개를 들었다. 태수는 깁스한 오른쪽 발을 지지대에 올린 채 뜻 모를 미소를 짓고 있었다. 이상하게도 태수의 얼굴이 낯설게 느껴졌다. 내가 알던 태수가 아닌 것만 같았다.

"믿을 수 있냐고, 그 말."

태수가 내게 말을 걸었다는 사실에 놀라서 얼떨결에 고개를 끄덕였다.

"진심이야. 태수 네가 하라면 뭐든지 할 수 있어. 내가 이렇게 맹세할게."

내 말에 태수가 피식 웃었다. 내가 생각해도 이상한 말이었다. 맹세라니. 대체 뭘?

태수의 낯선 눈빛이 나를 뚫을 듯 쳐다봤다. 나도 모르게 어깨가 움츠러들었다.

"있잖아, 내가 검색해 보니까 아무리 재활을 잘 해도 최소 1년이래. 그럼 그동안 폼 다 무너지고 체력도 바닥이고…… 웬만큼 수준 있는 팀은 진학도 다 마무리되어 있겠지?"

허탈하다는 듯 태수가 천장을 향해 깊은 한숨을 내쉬었다. 그리고 다시 입을 열었다.

"시발 진짜…… 그렇게 죽어라 노력한 결과가 부상이라니. 그것도 같은 팀 연습 경기에서."

태수의 말 한마디 한마디가 바윗돌처럼 내게 무겁게 떨어졌다. 묵직했다. 아팠다. 내 안의 뭔가가 바위에 맞아 부서져 내리는 것 같았다.

"설마 너, 그 영상 지워 달라고 온 건 아니겠지?"

"아니야, 그것 때문에 온 거. 난 그냥 사과하려고……."

"일부러 내 다리 부러뜨려 놓고 미안하다면 다냐?"

"그건 실수였어. 정말이야. 내가 왜 널……."

"실수였는지 아닌지 증명할 방법 있어?"

"……."

"아, 방금 생각났는데 방법이 있다."

태수의 얼굴이 짓궂게 일그러졌다.

"내가 퇴원하면, 넌 아까 그 맹세를 지키는 거야. 그리고……."

"……."

"딱 오십 대만 맞자. 대신 내가 원할 때만 때릴 거야. 네가 그 맹세를 지키고 오십 대를 다 채우면 내가 그 말을 믿어 주지."

"정말……이야……?"

내 말에 태수가 어깨를 으쓱하며 말했다.

"그럼, 정말이지. 그러면 내가 너를 용서할 수 있을 것 같거든. 어때?"

생각할 겨를이 없었다. 태수로부터 용서받을 수 있다면 뭐든 할 수 있을 것 같았다. 몸이 아픈 것이 마음이 아픈 것보단 나을 것 같았다. 나는 천천히 고개를 끄덕였다.

"그럼 가 봐. 약속한 거 잊지 말고."

마침 태수 어머니가 물이 담긴 가습기를 들고 병실로 돌아왔다. 나는 안녕히 계시라는 인사를 남기고 그 자리를 빠져나왔다. 그리고 정확히 4개월 뒤, 태수가 나를 찾아왔다. 그게 시작이었다. 어리석은 맹세의 시작이자 비행의 시작.

뭐든 훔쳐 봐. 증명해 보라고. 고의로 그런 게 아니라면서.

나를 찾아온 태수의 첫마디였다.

나는 이미 가해자였다. 거짓말쟁이까지 되고 싶진 않았다. 처음에는 편의점에서 음료수 캔 한 개를 훔쳤다. 그거면 되는 줄 알고. 지금 생각하면 말도 안 되는 짓이었지만 그때는 내 말이 거짓이 아님을 증명하는 게 우선이었다.

하지만 그게 다가 아니었다. 태수는 잊을 만하면 나를 찾아와 증명해 보라고 했다. 방법은 다양했다. 원하는 액수의 돈을 갖다 주거나 물건을 훔쳐서 되팔거나……. 어느 순간 정신을 차렸을 때는 상황이 걷잡을 수 없이 커진 뒤였다. 나는 이미 태수의 미끼에 걸린 물고기 같은 존재가 되어 있었다. 게다가 상위 유스 팀 테스트에 모두 탈락한 뒤 전국 대회 성적이 중위권인 중공고 축구부에 입단한 뒤로 나에 대한 태수의 원한은 더욱 커졌다.

더운 바람이 한차례 내 얼굴을 스치고 지나갔다. 순간 어디선가 개 짖는 소리가 들려왔다. 한 마리가 짖자 연쇄적으로 사방에서 다른 개들이 짖어 댔다. 고요한 골목길이 순식간에 소란스러워졌다. 골목 끝에서 검은 형체가 비틀거리며 걸어오고 있는 게 보였다. 걸음걸이로 보아 술에 취한 것 같았다.

설마 아빠가……?

간혹 야간 운행을 하던 아빠가 근처에 차를 세워 두고 집에 들르는 경우가 있기 때문에 나는 눈을 크게 뜨고 골목을 내려다봤다. 다행히 아빠와는 비교할 수 없을 정도로 체격이 컸다. 나도 모르게 안도의 한숨을 내쉬었다. 아빠에게 얼굴에 난 상처를 보여 주고 싶지 않았다.

그 검은 형체는 우리 집 앞에서 걸음을 멈췄다. 그러곤 비틀거리며 상체를 숙였다. 나는 숨을 죽인 채 남자를 지켜봤다.

에이씨, 그럴 줄 알았어.

남자가 전봇대를 붙잡고 토하기 시작했다. 하필이면 우리 집 담벼락에다가…….

주인 할머니가 알면 난리 칠 게 뻔했다. 당장이라도 뛰어 내려가 뭐라고 하고 싶었지만 선뜻 내키지 않았다. 혹시라도 아는 사람일까 싶어 남자의 머리통을 예의 주시했지만 워낙 한밤중인지라 얼굴을 분간하기가 어려웠다. 다 토했는지 숨을 한 번 크게 들이마신 남자가 비틀거리며 돌아섰다. 그러고도 뭔가 영문을 모르겠다는 듯 한참이나 주변을 두리번거렸다. 아무래도 자기가 지금 어디 있는지도 모르는 것 같았다. 남자를 자세히 보기 위해 상체를 좀 더 앞으로 내밀었다. 딱 봐도 180센티미터는 넘을 듯한 키에 떡 벌어진 어깨…… 낯설었다. 대체 누구지?

혼자서 머리를 긁적이며 서 있던 남자는 결심이 선 듯 걸음을 옮기기 시작했다. 남자가 호기롭게 문을 열고 들어선 곳은 다름 아닌 맞은편 광명빌라였다. 남자가 사라진 후 얼마 지나지 않아 광명빌라 401호 창문이 밝아졌다.

남자가 사라지자 다시금 골목 안이 잠잠해졌다. 개들도 더 이상

짖지 않았다. 깜깜한 골목길을 보고 있자니 새삼 막막해졌다. 고개를 들어 먼 곳을 봤다. 맞은편 산 아래 붉은빛이 깜빡거리는 게 보였다. 일종의 신호 같은 거다. 밤에 비행기 지나갈 때 조심하라고. 언젠가 도운이가 그 불빛의 정체를 궁금해하자 아빠가 했던 말이 떠올랐다. 문득 내게도 누군가 신호 같은 걸 보내 주면 좋겠다는 생각이 들었다. 조심하라고. 여기는 길이 아니라고.

아니다. 됐다. 신호는 무슨……. 나는 난간에 기대고 있던 상체를 곧게 폈다. 그리고 돌아서서 힘없이 계단을 내려가기 시작했다.

소식

점심시간. 혼자서 급식실을 빠져나왔다. 조용히 혼자 있고 싶었지만 갈 만한 데가 떠오르지 않았다. 옥상은 문이 잠겨 있을 테고 도서실은 내 취향이 아니었다. 할 수 없이 건물 밖으로 나와 걷기 시작했다. 다행히 운동장 한구석에 있는 등나무 아래 벤치가 눈에 띄었다. 얼른 그리로 가서 발을 뻗고 누웠다. 햇볕에 달구어진 의자의 나뭇결이 등에 닿았다. 따뜻했다. 그 따뜻함에 나도 모르게 울컥 눈물이 났다. 소매로 얼른 눈가를 훔친 뒤 그대로 누워 있었다. 이대로 시간이 멈추면 좋겠다는 생각이 들었다. 아무 생각 없이 이대로 누운 채 스무 살이 되고 서른 살이 되면 좋을 텐데. 그러면 모든 게 다 지난 일이 되어 있지 않을까?

잠깐 누워 있었던 것 같은데 어느새 예비 종소리가 들려왔다. 감았던 눈을 떴다. 구름 한 점 없는 맑은 하늘이 보였다. 다시 눈을 감았다. 순간 운동장 한쪽에서 시끄러운 구호 소리가 들려왔다. 누군가의 명령하는 듯한 말투도 섞여 있었다. 체육 시간도 아닌데 왜 이렇게 시끄럽지? 등을 대고 누운 채 고개만 왼쪽으로 돌렸다. 무슨 일이 일어난 건지 운동장 한쪽이 어수선했다. 유니폼을 갖춰 입은 애들 서너 명이 본관 건물에서 급하게 달려 나오는 게 보였다. 갑작스럽게 축구부 집합 명령이 떨어진 모양이었다. 훈련 시간도 아닌데 무슨 일이지?

순간 몸을 벌떡 일으켰다. 아까 예비종이 울린 걸 깜빡하고 있었다. 나는 바닥에 벗어 두었던 운동화를 대충 꿰어 신었다. 늦지 않기 위해 진입로가 아닌 운동장을 가로질렀다.

바로 그때 뭔가가 내 앞에 툭 떨어졌다. 나도 모르게 우뚝 멈춰 섰다.

"어이!"

고막이 터질 듯한 목소리였다. 한눈에 봐도 체격이 좋은 남자의 손이 내 앞에 놓인 공을 가리키고 있었다.

"공 좀 줘!"

그제야 나는 내 앞에 떨어진 공을 뚫어져라 쳐다봤다. 마치 처음 보는 물건인 듯이.

남자와 공을 번갈아 바라보다 발끝으로 살짝 공을 잡았다. 부드러운 공의 감촉이 발끝에 전해져 왔다. 건들면 툭 앞으로 튕겨 나갈 것처럼 팽팽했다. 온몸의 감각이 발끝으로 쏠렸다. 내 발끝을 떠난 공이 허공에서 포물선을 그리며 골대 안으로 휘말려 들어가던 순간의 그 짜릿함이 되살아났다. 그때의 함성과 포효 소리도 들리는 듯했다.

"임마, 뭐 해! 빨리 줘!"

65

그 순간 가슴 벅차게 울리던 함성 소리가 사라졌다. 그리고 내 앞에 놓인 공이 보였다. 가죽으로 된 공의 둥근 표면이 햇빛에 빛나는 것 같았다. 나는 눈을 게슴츠레 뜨고 공을 봤다.

찰까. 말까.

답은 하나였다. 공 위에 얹었던 발을 내리고 앞을 향해 걷기 시작했다.

"어라…… 야, 임마! 공 달라고!"

전교생이 다 들을 만큼 큰 목소리였다.

"뭐 저런 새끼가 다…… 야! 너 몇 학년 몇 반이야? 어?"

바락바락 소리를 지르는 폼이 금방이라도 쫓아와 먹살이라도 잡을 것 같았다. 나는 못 들은 척 주머니에 손을 꽂은 채 천천히 걸었다.

겨우 교실로 돌아와 마음을 가라앉혔다. 그제야 아까 본 그 사람이 어딘지 낯이 익다는 생각이 들었다. 다부진 어깨와 큰 키, 굵고 낮은 목소리……! 맞다! 그때 담벼락에 토했던…… 거기까지 생각하다가 나도 모르게 큭 웃고 말았다.

"미친놈, 뭐가 좋아서 혼자 실실 웃고 난리냐?"

갑자기 등장한 성빈이가 내 뒤통수를 치며 말했다.

"아니, 뭐…… 그런 게 있어. 그나저나 너…… 대체 어디 갔다 온 거야? 급식도 안 먹고."

내 말에 성빈이의 얼굴이 살짝 어두워졌다. 괜히 말을 꺼냈나 싶었다. 중간고사가 끝난 뒤 확실히 성빈이는 변했다. 말수도 줄고 표정도 부쩍 어두워졌다. 책상 위에 문제집을 펼쳐 놓고 멍하니 딴 생각에 빠져 있는가 하면 수업 시간에 종종 엎드려 있기도 했다. 내가 무슨 일이 있냐고 물으면 금세 예전의 성빈이로 돌아와 해맑게 웃곤 했지만 나는 알 수 있었다. 성빈이의 마음에 그늘이 드리워져 있다는 것을.

"가긴 어딜 가. 교실에 있었는데. 그나저나 너 그 소식 들었어?"

성빈이가 비어 있는 내 옆자리에 앉으며 말했다.

"무슨 소식?"

"감독…… 새로 왔대."

무슨 말인가 싶어 성빈이의 얼굴을 빤히 쳐다봤다.

"우리 학교 축구부 말이야. 해체되니 마니 하더니 결국 다시 가나 봐. 감독까지 새로 교체하고."

성빈이가 기대에 찬 눈빛으로 나를 봤다. 나는 그런 성빈이가 안쓰러웠다. 제아무리 아닌 척해도 성빈이의 마음속엔 항상 축구가 있다는 걸 확인하는 순간이었다.

"뭐, 그러든지 말든…… 뭐야, 그럼 아까 그 사람이 바로……?"

나는 어이가 없어 웃음을 터뜨렸다. 남의 집 담벼락에다 함부로 토하는 인간이 축구부 감독이라고?

"미친 새끼, 혼자서 뭐라는 거야."

성빈이의 말에 그제야 정신을 차렸다.

"근데 그게 뭐. 감독이 새로 오든 말든 우리랑 상관없잖아?"

짧은 순간이었지만 성빈이의 얼굴에 실망하는 기색이 나타났다 사라졌다.

"맞아, 우리랑 상관없지. 근데 말이야······."

성빈이가 무슨 말을 하려다가 말았다.

"아, 뭔데······ 괜히 말 빙빙 돌리지 말고 말해."

"너도 알잖아. 우리 학교 축구부 한때 명문이었던 거."

"알지."

정말 그랬다. 지금은 대한고의 수치로 전락한 지 오래지만 한때는 전국 고등 리그를 휩쓸 정도로 대한고 축구부는 명문 중에서도 명문이었다. 하지만 최근에는 리그 본선은커녕 예선에서도 처참한 수준으로 패배하면서 옛 명성에 열심히 똥칠을 하는 중이었다. 주전급 선수들은 이미 다른 팀을 찾아 떠난 지 오래였다. 상황이 이렇게 되자 학교에서는 더 이상 축구부를 유지할 명분이 없어졌다. 50년의 역사를 간직한 대한고 축구부가 폐지 수순을 밟는 게 기정사실처럼 된 마당에 갑자기 새로운 감독을 데려왔다고? 나는 고개를 절레절레 흔들었다.

"우리 학교 전국 모의고사 평균 꼴찌인 것도 알지? 게다가 근방에서 사고 치다 걸린 놈들은 죄다 우리 학교 애들이고."

"그거야 뭐······."

"아마 그래서 그런 결정을 한 것 같아."

"그거랑 축구부랑 뭔 상관?"

"축구를 통해 학교 이미지를 개선해 보겠다는 거지. 전국 대회에 출전해서 옛 명성을 되찾으면 학교 이미지도 좋아지고 홍보 효과도 있으니까. 게다가 동문회에서 이번에 전폭적으로 축구부를 지원하겠다고 나섰다나 봐."

듣고 보니 그럴듯했다. 하지만 감독 하나 새로 왔다고 뭐가 달라질까? 그런 내 생각을 눈치챈 듯 성빈이가 말했다.

"너 고영표라고 알지?"

"그야 축구하는 애들은 한 번쯤 다 들어 본 이름이지."

고영표…….

청소년 국가 대표 등 번호 10번. 독일 함부르크 FC 공격형 미드필더. 하늘이 내린 재능의 소유자이자 노력형 천재. 차범근 이후 새로운 해외파의 등장에 독일과 국내 언론이 떠들썩했지만 연이은 부상과 수술로 화려할 것 같던 그의 시대는 싱겁게 끝나고 말았다.

이후 국내 언론에 그의 이름이 다시 등장한 건 얼마 되지 않았다. 지도자 공부를 마친 그가 독일에서 돌아온 이후 연이어 U-14, U-17 청소년 국가 대표 감독으로 부임하면서 세상은 다시 그를 주목했다. AFC U-14 선수권 대회 3위, 청소년 아시안게임 우승, 피파 U-17 청소년 월드컵 준우승. 축구 선수로서는 성공하지 못했지만 감독으로서는 엄청난 성과였다. 그의 진짜 재능은 선수로서의 재능이 아니라 사람을 알아보는 능력에 있다는 말이 돌았다. 그는 발로 축구공을 잡는 모습만 봐도 그 사람이 축구 선수가 될 수 있을지 없을지 알 수 있다고 했다. 거기에 그 사람의 성장 한계치가 어디까지인지도 정확히 파악한다는 소문이 파다했다.

"바로 그분이야, 이번에 새로 온 축구부 감독님이."

성빈이의 진지한 얼굴에 피식 웃음이 터져 나왔다.

"너 소설 쓰냐? 거짓말도 좀 그럴듯하게 해야지……."

"어휴, 새끼. 진짜 답답하네. 내가 너한테 뭣 하러 그런 거짓말을 하겠냐? 못 믿겠으면 운동장에 나가 보든지."

애가 어쩌다 이 지경까지 되었을까. 나는 고개를 절레절레 흔들었다.

"야, 그렇게 대단한 사람이 뭣 하러 우리 학교에 오겠냐? 그것도 다 망해 가는 팀에."

"그야…… 무슨 이유가 있겠지."

아무리 생각해도 말이 되지 않는 소리였다. 나는 성빈이를 빤히 쳐다보다 실없이 웃고 말았다.

"있잖아, 너 차라리 웹툰 같은 거 한번 써 보지 그러냐? 지금 네가 한 얘기 그대로 써도 중박은 치겠다."

"아, 쫌…… 나 지금 진지하단 말이야."

내가 빈정거리자 성빈이가 발을 동동 구르며 인상을 썼다.

"듣기로는 축구 협회 관계자들이랑 사이가 안 좋아서 대판 싸웠다나 봐. 인맥 축구가 어쩌고 하면서. 에이, 아무튼 자세한 건 나도 몰라."

"야, 그래도 그렇지……."

"임마, 왜 이렇게 사람을 못 믿냐? 아무튼 내 말이 사실인지 아닌지는 차차 알게 될 거야. 그보다는……."

"왜, 또 뭐?"

"학교 게시판에 선수 모집 공고가 떴어."

이번에야말로 한숨이 터져 나왔다. 성빈이가 이렇게까지 호들 갑을 떠는 이유가 짐작이 되었다.

"임마, 정신 차려! 너 혹시……."

성빈이가 침을 꿀꺽 삼키곤 내 얼굴을 빤히 쳐다봤다.

"나…… 다시 할 거야, 축구."

이번에는 내가 성빈이를 빤히 쳐다봤다. 성빈이와 나는 그렇게 한동안 얼굴을 마주 보고 앉아 있었다. 짧은 순간이었지만 나는 성빈이의 마음을 읽었다.

"미친. 너네 부모님이 허락할 거 같냐?"

성빈이의 얼굴이 잠깐 어두워졌다. 하지만 이내 고개를 흔들며 말했다.

"상관없어. 이제부턴 내가 원하는 대로 살 거야."

오래 고민하고 결정을 내린 듯한 단호한 말에 입이 떡 벌어졌다. 대체 무슨 일이 있었는지 며칠 만에 애가 완전히 변해 버렸다. 지금 내 앞에 있는 녀석이 내가 아는 그 박성빈 맞나 싶었다.

"강호야……."

"……."

"야, 천강호!"

"아, 뭐. 왜!"

"넌 괜찮아?"

성빈이가 물었다.

"뭐가?"

"넌 진짜 아무렇지도 않냐고."

"뭐가, 뭐가 어때야 되는데?"

나도 모르게 언성이 높아졌다. 교실에 앉아 있던 아이들 몇몇이 고개를 돌려 우리를 쳐다보는 게 느껴졌다. 성빈이가 입을 굳게 다문 채 나를 노려봤다.

"야, 흥분하지 마. 어차피 우린 안 돼. 이미 늦었다고."

나는 목소리를 낮추고 성빈이를 설득하려고 했다.

"아니, 늦었다고 생각될 때가 가장 빠르댔어……. 그리고 난 너처럼 쉽게 포기 안 해. 며칠 동안 밤새 고민했는데 지금 축구 안 하면 나 너무 후회될 것 같아."

성빈이가 비장하게 말했다. 마음이 심란했다. 내가 말린다고 해서 고집을 꺾을 성빈이가 아니었다. 때마침 종이 울려 성빈이가 제자리로 돌아갔다. 나도 모르게 한숨이 터져 나왔다. 왠지 모르게 들뜬 성빈이의 뒷모습이 안쓰러울 지경이었다. 자리에 앉아 멍하니 창밖을 봤다. 운동장에 있던 아이들이 교실을 향해 뛰기 시작했다. 유니폼을 갖춰 입은 축구부 애들이 커다란 박스에 공을 주워 담고 있는 모습도 보였다. 그 앞에서 팔짱을 낀 채 다리를 쩍 벌리고 서 있는 남자도 보였다. 그러니까 저 사람이 바로…… 고영표라고? 정말로 고영표가 우리 학교에 왔다고? 나는 눈을 게슴츠레 뜬 채 본부석 쪽을 향해 걸어가는 그의 뒷모습을 오래 쳐다봤다.

우리에겐 우리의 세상이

지루했던 중간고사 기간이 끝나고 난 뒤 첫 월요일. 성빈이가 학교에 오지 않았다. 학교 수업이 끝나자마자 전화를 걸었지만 받지 않았다.

화요일. 1교시 수업이 끝나고 난 뒤 성빈이가 교실 문을 열고 들어섰다. 하루 종일 창밖만 바라보며 한숨짓는 성빈이의 뒷모습만 물끄러미 바라봤다. 수업이 끝난 뒤 말을 걸려고 했지만 성빈이가 훈련 시간에 늦었다며 서둘러 교실을 빠져나가는 통에 타이밍을 놓치고 말았다.

수요일. 아빠가 돌아왔다. 차가 고장 났다고 했다. 화물 트럭은 한번 고장 나면 수리도 오래 걸리고 부품 값도 비쌌다. 1년에 한두 번 차 수리비로 큰돈이 나가는 바람에 아빠는 일을 더 많이, 더 오래 해야 했다. 아빠가 일을 많이 한다는 건 그만큼 많은 곳을 돌아다녀야 한다는 뜻이기 때문에 그럴수록 차가 고장 나는 횟수도 늘어났다. 한마디로 일을 하면 할수록 우리 집이 가난해진다는 뜻이었다. 애초에 새 화물 트럭을 샀으면 그럴 일이 없었을 텐데 돈이 부족해서 중고 트럭을 산 게 문제였다.

집에 와서도 아빠는 하루 종일 어딘가로 전화를 걸었다. 아마도 급하게 돈을 빌리기 위해 그러는 것 같았다. 그런 사정을 잘 모르는 도운이만 뭐가 그리 좋은지 하루 종일 웃고 다녔다. 아빠가 집에 와 있다는 사실만으로도 표정이 밝아진 도운이를 보니 그동안 못 챙겨 준 게 괜스레 미안하기도 했다. 도운이와 달리 나는 아빠와 하루에 세 마디 이상 나누지 않았다. 나는 나대로 아빠 얼굴을 똑바로 보기가 미안했고 아빠는 아빠대로 고민이 많아 보였다. 이래저래 답답한 마음에 밤늦게 성빈이에게 전화를 걸었다. 통화 연결음이 오래 울렸지만 성빈이는 전화를 받지 않았다.

목요일 점심시간.

급식을 먹고 돌아오는 길에 복도 끝에서 성빈이와 마주쳤다. 교복 안에 유니폼을 받쳐 입은 성빈이의 모습이 낯설면서도 익숙했다. 우리는 도서실로 향하는 계단에 나란히 걸터앉았다. 성빈이가 축구부에 입단하고 거의 3주 만이었다. 그동안 축구부에 많은 변화가 있었다고 한다. 성빈이의 말대로 고영표는 구단과 축구 협회의 갈등으로 모든 직을 내려놓았다. 그리고 지역 곳곳에 숨어 있는 유망주를 발굴하기 위해 고향인 이곳에 내려왔다고 한다. 그의 명성 덕분인지 패배에 익숙했던 축구부원들의 얼굴에서도 하나둘 희망이 보이기 시작한다고 했다. 나는 신나서 떠들어 대는 성빈이의 옆모습을 쳐다봤다. 훈련이 고된지 얼굴이 그새 홀쭉해져 있었다.

"그렇게 좋냐?"

"좋다."

성빈이가 싱겁게 웃으며 대답했다.

시선을 정면으로 향했다. 창밖에는 버드나무 가지가 바람에 흔들리고 있었다. 갈수록 잎이 무성해지는 것 같았다.

"부럽냐?"

"미친놈."

"부러우면 부럽다고 할 것이지……."

시선을 피하려다 말고 성빈이의 얼굴을 자세히 살폈다.

"얼굴은 왜…… 그 모양이냐? 감독이 때려?"

"우리 감독님, 무식하게 애들 때리고 막말하고 그런 분 아냐."

"그런 분 같던데."

"놀리지 마라."

"그럼 그 상처는 다 뭔데?"

"아빠가…… 알았어."

그제야 성빈이가 학교에 오지 않은 이유를 알 것 같았다.

"안 봐도 비디오네……. 많이 맞았냐?"

성빈이는 어깨를 으쓱했다. 그러곤 체념 섞인 어조로 말했다.

"한 번은 겪어야 할 일이었는데, 뭐. 차라리 잘됐어."

"넌 세상 차암 편하게 산다."

나도 모르게 자꾸만 삐딱해졌다. 내가 그러거나 말거나 성빈이는 침착하게 말을 이었다.

"솔직히 나, 고등학교 입학한 뒤로 잠을 실컷 자 본 적이 없어.

학원에 과외에 주말 특강에……. 내 딴엔 죽어라 열심히 했거든. 아빠가 원하는 대로 의사든 판사든 돼 보려고. 우리 아빠 세상에 직업이 그것밖에 없는 줄 아니까. 작은아빠, 큰아빠, 막내 고모부까지 줄줄이 서울대 나온 걸 최고의 자랑으로 아는 사람이니까. 주변에 그런 사람들만 있어서 그런지 나같이 멍청한 놈은 처음 봤대."

그 일이 있기 전, 나도 딱 한 번 성빈이의 아빠를 본 적이 있었다. 그렇게 반대한다더니 그날은 웬일로 지방까지 내려와서 성빈이의 경기를 관람했다. 경기 시작 전부터 내내 안절부절못하던 성빈이는 평소답지 않게 경기 도중 실수를 연발했다. 성빈이의 아빠는 응원 온 다른 부모님들과 섞이지 않고 혼자서 멀리 떨어진 채 그 광경을 지켜보고 서 있었다. 결국 성빈이는 후반전이 시작되자 교체되었고 성빈이가 교체되자마자 성빈이 아빠는 차갑게 돌아서서 경기장을 빠져나갔다.

"개나 소나 다 손흥민 되는 줄 알고. 너 정도 하는 놈들 전국에 널렸다."

그날 저녁, 먼저 서울로 올라간 성빈이 아빠가 숙소에 남아 있는 성빈이에게 전화를 걸어 한 말이었다. 전화를 끊고 난 뒤 성빈이는 숙소에서 내내 앓았다. 심한 감기 몸살이었다.

"실은 나, 열심히만 하면 되는 줄 알았어. 한 번쯤은 아빠가 날 인정해 줄 거라고 믿었지. 근데 아니더라고."

성빈이가 담담한 목소리로 말했다. 그제야 나는 성빈이가 그토록 공부에 집착했던 이유를 조금은 알 것 같았다.

"중간고사 성적표 나오던 날, 아빠가 불같이 화를 내며 그러더라. 자기 인생의 유일한 실패작이 바로 나라고. 씨발 진짜…… 자식한테 그딴 소리나 하는 자기는 뭐, 얼마나 대단하다고."

나는 놀라서 성빈이의 얼굴을 봤다. 나와 눈이 마주친 성빈이는 어깨를 으쓱했다.

"나 때문에 중간에서 엄마가 마음고생이 심했어. 축구를 관둔 것도 엄마 때문이었거든. 나 혼자라면 견딜 수 있는데…… 엄마가 힘들어하니까 못 견디겠더라고. 내가 축구를 포기하면 엄마가 좀 편해질 줄 알았지. 근데 이젠 내 성적 가지고 괴롭히기 시작해. 집에서 맨날 뭐 하냐고. 애가 누굴 닮아 돌대가리냐고."

"근데 그런 얘길 왜 이제 하냐? 친구라면서……."

순간 말을 해 놓고 후회했다. 성빈이가 마음을 터놓고 얘기할 상대가 되어 주지 못한 건 바로 나였으니까. 다행히 성빈이는 내 말에 그리 신경 쓰지 않는 눈치였다.

"아무튼 다시 생각해 보니까 내가 꼭 손흥민처럼 될 필요는 없더라고. 그럼 피아노 학원 다니는 애들은 뭐, 다들 세계적인 피아니스트가 되나? 미술 학원 다니는 애들은 또 어떻고. 걔들이 다 반 고흐처럼 되냐고."

"무식한 놈. 아는 사람이 반 고흐밖에 없냐?"

"모네도 알아."

"아무튼."

"듣고 보니 그건 그래."

"뭐가."

"우리가 꼭 누구처럼 될 필요는 없다고."

"이제야 말귀를 좀 알아듣네. 물론 현실적으로 미래를 아예 생각하지 않을 순 없겠지. 근데 어차피 미래는 다 불확실한 거 아니냐? 그럴 바에야 내가 좋아하는 거라도 실컷 해 봐야지. 네 말대로 프로 선수가 못 될 수도 있겠지. 그렇다고 나중에 실망하기 싫어서 지금 아무것도 하지 않으면 그건 그것대로 후회될 것 같더라."

나는 성빈이를 빤히 쳐다봤다. 애가 이렇게 말을 잘했나 싶었다. 내 시선을 느꼈는지 성빈이가 어깨를 으쓱거리며 말했다.

"뭐, 그렇게까지 감동할 필요는 없는데……."

"미친놈. 누가……."

"미치지 않고서야 내가 어떻게 아빠한테 대들 생각을 다 했겠냐. 근데 막상 부딪쳐 보니까 생각했던 것보다 무섭진 않더라고. 엄마한테 미안하긴 하지만……. 야, 어차피 나 아니어도 두 사람 맨날 싸운다? 그렇게 싸울 거면서 왜 같이 사는지 모르겠어. 그럴 거면 차라리 헤어지든가."

"짜식, 못 보는 사이 많이 컸네……."

내 말에 성빈이가 씨익 웃었다. 모처럼 보는 환한 웃음이었다.

"뭐, 어른들한테는 어른들이 사는 세상이 있고, 우리한테는 우리가 사는 세상이 있을 뿐이야. 우리는 그냥 서로가 사는 세상의 일부일 뿐이고."

"너 요즘 책 읽냐?"

나는 눈을 게슴츠레 뜨고 물었다. 성빈이가 뭔 말이냐는 듯 눈을 크게 떴다.

"왜 이렇게 유식해졌어, 갑자기."

"내가 유식한 게 아니라 네가 무식한 거지. 그러니까 평소에 생각 좀 하고 살아라, 임마."

성빈이가 내 머리를 툭 치며 말했다.

"야, 그래도 대충은 알아들었거든?"

자존심 상하기 싫어서 말은 그렇게 했지만, 솔직히 성빈이의 말을 다 이해하기엔 내 머리야말로 돌대가리였다.

"아무튼 이건 내 인생이니까 선택도 내가 할 거야."

지나치게 비장한 목소리였지만 나는 웃지 않았다. 솔직히 말하면, 자신의 선택에 쉽게 비장해질 수 있는 그 순수함이 부러웠다. 그런 성빈이에 비하면 나는 소심한 겁쟁이에 불과했다.

"들어가자."

성빈이가 엉덩이를 털고 자리에서 일어나며 말했다.

숨은 그림자 찾기

계단을 오르려다 말고 걸음을 멈췄다. 계단 위쪽에서 억양이 센 목소리가 들려왔다. 철제 난간을 붙잡은 채 내 발끝을 쳐다봤다.

들켰구나. 들키고 말았구나.

아빠를 또 실망시키고 말았구나.

무슨 일이 있어도 혼자 해결해 보려고 했는데, 생각처럼 쉽지 않았다. 아빠에게 돈을 보내 달라고 말하려고 했지만 용기가 나지 않았다. 보내 준 용돈을 벌써 다 썼다고 하면 무슨 일이 있는지 물어볼 게 뻔했기 때문이다. 중고나라에 팔 물건도 더는 없었다. 결국 며칠 동안 할머니를 피해 다니는 수밖에 없다고 생각했다. 그런 식으로 시간을 벌다가 나중에는 어떻게든 되겠지 하는 심정이 되어 버렸다. 10만 원이라는 돈은 내게 생각보다 큰돈이었다. 그건 할머니한테도 마찬가지였을 것이다. 그런 큰돈을 선뜻 빌려준 할머니의 마음을 그런 식으로 이용해서는 안 되는 것이었다.

"정말로 죄송하게 됐습니다. 저는 그런 줄도 모르고……."

"아이고, 그래, 아 다쳤다는 말 듣고 우예 가만 있능교. 걱정도

되고 궁금하기도 해서 몇 번 들여다볼라케도 집에 사람이 있어야
지. 애들도 핵교 대니느라 바빠서 그른가 통 보이질 않고."

"여기……. 너무 늦게 드려 죄송합니다."

"글타고 아 너무 나무라지 말고. 아들 크면서 한 번씩은 다 그라
드라만."

"네, 올라가십쇼."

계단을 올라가는 소리에 이어 우리 집 현관문이 닫히는 소리가
들렸다. 그대로 계단 끝에 주저앉았다. 무릎에 얼굴을 묻은 채 잠
시 그대로 앉아 있었다.

얼마쯤 시간이 지났을까. 시멘트 바닥에서 올라오는 차가운 냉
기 탓에 온몸에 한기가 느껴졌다. 밖은 더운데 건물 안은 서늘했다.
조용히 가방을 들고 몸을 일으켰다. 피한다고 피할 수 있는 일이 아
니었다. 딱히 갈 곳도 없었다. 매번 도망치는 것도 꽤나 피곤한 일이
었다. 결국 집으로 향하는 계단을 오르기 시작했다.

도어락의 비밀번호를 누른 뒤 현관문을 열었다.

"다녀왔습니다."

소파에 앉아 있던 아빠는 말없이 나를 한 번 보고는 다시 텔레
비전 화면을 향해 고개를 돌렸다. 조용히 신발을 벗고 거실에 올라
섰다. 아빠가 무슨 말이라도 했으면 싶었다. 그러면 아까 계단에서
준비한 말을 할 수 있을 텐데. 물론 그것조차 거짓말이지만.

하지만 아빠는 아무 일 없었다는 듯 리모컨으로 채널을 이리저
리 바꾸기만 했다. 그러다 정치 시사 프로그램에 채널을 고정시킨

뒤 한동안 화면을 뚫어져라 쳐다봤다.

"다 속여도 자기 자신은 속일 수 없는 법이지."

TV에 나온 정치인들을 보고 한 말이었지만 나는 그게 나를 향한 말이기도 하다는 것을 알았다. 그로써 아빠는 내가 최소한의 변명조차 할 수 없게 만들어 버렸다.

순간 나도 모르게 화가 났다. 나 자신에게 화를 내는 것보다 아빠한테 화를 내는 게 더 쉬웠으니까. 발을 쿵쿵거리며 내 방으로 들어온 뒤 문을 쾅 소리 나게 닫고 침대 위에 쓰러지듯 누웠다.

"다녀왔습니다!"

"어, 도운이 왔냐? 배고프지?"

"나, 라면!"

"라면에 삶은 계란?"

"딩동댕!"

도운이의 말에 아빠의 웃음소리가 들려왔다. 한창 클 때라서 그런지 도운이는 요즘 무섭게 먹어 댔다. 아빠 말대로 밥 먹고 돌아서자마자 배고프다고 하는 녀석이었다. 이어 수돗물 흐르는 소리와 냉장고 문 여닫는 소리가 들렸다.

방에만 있으려니 답답했다. 밖으로 나가 보고 싶었지만 왠지 저 두 사람 사이에 내가 끼면 안 될 것 같았다. 벽에 걸린 반팔 후드 티를 입고 방문을 나섰다. 그리고 모자를 뒤집어쓴 채 곧장 현관으로 갔다.

"다 늦게 어디 가냐?

뒤늦게 알아챈 아빠 목소리가 들렸다.

"잠깐 바람 좀 쐬려고요."

그렇게 말한 뒤 대답도 듣지 않고 밖으로 나왔다.

막상 밖으로 나오니 갈 데가 없었다. 비좁은 골목을 지나가는 차들을 피해 담벼락에 몸을 바짝 붙이고 걷기 시작했다. 생각 없이 걷다 보니 골목 끝이었다. 잠시 고민하다 근처 초등학교 쪽으로 방향을 틀었다. 얼마 못 가 도착한 학교 정문은 닫혀 있었다. 가끔 조기 축구회 사람들이 운동장을 대여해 쓰는데 다행히 오늘은 시합이 없는 모양이었다. 후문에 난 개구멍을 통해 운동장으로 들어갔다. 인조 잔디가 깔린 운동장 우측에 새롭게 깔린 우레탄 트랙이 보였다. 한동안 공사를 하더니 이것 때문이었나 싶었다.

트랙을 밟고 올라섰다. 바닥은 적당히 단단하면서도 탄성이 느껴졌다. 허리를 숙이고 운동화 끈을 조였다. 딱 열 바퀴만 뛰자. 그렇게 생각한 뒤 팔을 위로 쭉 뻗어 올렸다. 그다음 다리를 뻗어 스트레칭을 하고 호흡을 정리했다. 운동하면서 생긴 습관이었다.

처음에는 천천히 속도를 유지하면서 달렸다. 그럴 생각은 아니었는데 뛰다 보니 욕심이 생겼다. 조금씩 속도를 올렸다. 두 바퀴, 세 바퀴, 네 바퀴를 돌았다. 숨이 가빠지면서 땀이 흐르기 시작했다. 온몸의 세포가 하나씩 깨어나는 것 같았다. 발이 허공에 둥둥 뜬 것처럼 가벼웠다.

달린다는 거, 좋은 거구나.

막상 운동을 할 때는 잘 몰랐는데 새삼 그런 생각이 들었다. 몸 안에 있던 나쁜 공기가 바깥으로 빠져나가는 것 같았다. 땀에 젖은 티셔츠가 등짝에 달라붙는 느낌마저도 좋았다. 숨이 턱까지 차올랐을 때 달리기를 멈추었다. 그대로 트랙 위에 주저앉았다. 그 순간만은 캄캄한 운동장이 전부 내 차지인 것 같았다.

내친김에 본부석 쪽으로 걸어갔다. 졸업하기 전까지 나와 성빈이가 공을 숨겨 두었던 장소가 거기 있었다. 우리 말고 다른 반 아이들도 본부석 밑 종이 박스 안에 공을 놔두곤 했었는데 아직도 그러는지 궁금했다. 허리를 숙여 손을 더듬자 짐작했던 대로 종이 박스가 만져졌다. 곧장 손을 뻗었다. 하나가 아니라 여러 개가 들어 있었다. 그중 가장 탱탱한 놈으로 골랐다. 공을 꺼내 발 앞에 떨어뜨리기만 했는데도 가슴이 뛰기 시작했다.

그래, 까짓거. 보는 사람도 없는데.

공을 툭툭 차면서 운동장으로 달려 나갔다. 그새 감각이 둔해졌는지 몇 번이나 공이 발끝에서 비껴 나갔다. 그래도 공을 찰 때 나는 텅텅 소리에 기분이 날아갈 것 같았다. 나는 골대 앞에서 멈춰 서서는 공을 허공으로 띄워 올렸다. 공이 바닥에 닿기 전에 발끝으로 툭 차서 다시 위로 올렸다. 나쁘지 않았다. 발끝 리프팅에서부터 온몸 리프팅까지 하고 나니 온몸이 땀으로 흠뻑 젖었다.

이어서 팬텀 드리블. 순식간에 수비수를 속이기 좋은 동작이지만 짧고 빠르게 치고 나가지 않으면 오히려 공을 빼앗기고 만다. 공이 발에 붙을 정도로 연습해야 가능한 동작이라 오랜 연습이 필요

했다. 매일 훈련이 끝난 뒤 집에 와서도 도운이를 상대로 연습하곤 했던 동작이라 팬텀만큼은 자신 있었다. 몇 가지 드리블 동작을 연습한 뒤 슈팅을 날려 봤다. 중요한 건 퍼스트 터치였다. 누가 던져 주었으면 좋겠지만 지금은 그런 걸 바랄 게 아니었다. 골대를 앞에 두고 공을 툭 찬 뒤 잽싸게 달려가 움직이는 공의 측면을 때렸다. 첫 번째는 골대를 맞고 빗나갔다. 그다음 두 번째 슈팅. 팔과 다리의 힘을 푼 뒤 같은 동작을 반복했다. 그물에 제대로 말려 들어가길 바랐지만 각도가 한참 빗나갔다. 다행히 세 번째부터는 원하는 각도로 공이 휘었다. 공이 그물에 착 감기는 그 소리가 듣기 좋았다. 나도 모르게 팔을 번쩍 들고 환호했다.

"아니, 틀렸어."

순간 들려오는 목소리에 그대로 주저앉을 뻔했다. 뒤를 돌아보니 팔짱을 낀 채 다리를 쩍 벌리고 서 있는 검은 그림자가 보였다. 에이씨, 귀신인가?

"어쩌다 들어간 거지. 허리를 더 숙여야 돼. 디딤발도 좀 더 옆으로 하고."

나는 눈을 크게 뜨고 그림자를 노려봤다. 덩치 큰 검은 그림자가 한 발 한 발 내 앞으로 다가오고 있었다. 절로 뒷걸음질이 쳐졌다. 누군지 보려고 눈을 크게 떴지만 흘러내린 땀방울이 눈앞을 가렸다. 손등으로 쓰윽 닦은 뒤 눈에 힘을 줬다. 에이씨, 대체 언제부터 저기 서 있었던 거지? 조기 축구회 회장인가? 그래도 그렇지, 자기가 뭔 상관이라고. 더 가까이 오기 전에 등을 돌렸다. 그리고 그대로 뛰기 시작했다.

"어이! 잠깐만! 야! 거기 서 보라고!"

운동장을 가득 메울 만큼 큰 소리였지만 뒤돌아보지 않았다. 나는 그길로 학교 담장을 뛰어넘어 집을 향해 달렸다.

그런데 왜 도망친 거지? 죄를 지은 것도 아닌데……. 거의 집 앞에 도착해서야 그런 생각이 들었다. 허탈한 마음에 잠시 멈춰 선 채 숨을 골랐다. 뛸 때는 몰랐는데 갑자기 피로가 확 몰려오는 듯했다. 오랜만에 느껴 보는 기분 좋은 피로감이었다. 발에 닿던 공의 감각도 생생하게 남아 있었다. 세상이 내 것 같았던 그때의 그 느낌이 되살아났다.

악수

새벽까지 악몽을 꾸느라 잠을 설쳤다. 대충 세수만 하고 집을 나서는데 맞은편에서 나오던 남자와 마주쳤다. 남자는 입이 찢어져라 하품을 하며 느릿느릿 현관문을 나섰다. 떡이 진 머리에 시커먼 수염 자국이 며칠 세수도 안 한 것 같은 얼굴이었다. 남자는 우리 학교 축구부 하계 유니폼 점퍼를 입고 있었다.

나는 얼른 시선을 피한 채 앞을 향해 걸었다. 그러니까 저 인간이 바로 그 고영표란 말이지……. 뒤따라오는 발걸음 소리에 최대한 걸음을 빨리했다. 날카로운 시선이 내 뒤통수에 와서 꽂히는 게 느껴졌다. 그렇게 대단한 사람이라면서 몰골은 저게 뭐람. 나는 최대한 자연스럽게 보이려고 교복 주머니에 두 손을 찔러 넣은 채 걸었다. 주머니에서 휴대폰이 만져지자 또 태수 생각이 났다. 웬일로 일주일째 연락이 없는 태수였다.

저만치 농협 사거리에서 마을버스가 내려오고 있는 게 보였다. 오늘도 지각하면 일주일째 화장실 청소였다. 다행히 버스는 신호 대기에 걸려 있었다. 잘하면 탈 수 있을 것 같았다. 마을버스가 정류장 앞에 도착하는 게 보였다. 그걸 본 고영표가 갑자기 뛰기 시작했다. 순간 당황했다. 가방끈을 고쳐 메고 앞으로 달리기 시작했다. 나보다 먼저 뛰기 시작한 고영표를 따라잡으면 탈 수 있을 것 같았다. 나는 순간 스피드를 올렸다. 대회 때 말곤 이렇게 뛰어 본 적이 없을 정도로 죽을힘을 다해 고영표를 따라잡았다.

간신히 버스에 올라탔을 때는 숨이 턱까지 차올랐다. 카드를 찍고 겨우 자리를 찾아 들어가는데 창밖으로 손을 마구 흔들며 달려오는 고영표가 보였다. 순간 출입문이 닫히고 버스가 출발했다. 그걸 본 고영표가 제자리에 멈춰 선 채 숨을 헐떡였다. 그러곤 버스를 향해 마구 삿대질을 하며 뭐라고 소리를 질러 댔다.

5교시 과학 시간. 과학 선생님이 교육청 출장을 갔다고 했다. 조용히 자율 학습을 하고 있으라는 반장의 말에 아이들 절반이 책상 위에 엎드렸다. 나 역시 반쯤 내려앉는 눈꺼풀의 무게를 이기지 못하고 엎드리려는 찰나, 교실 앞문이 스르륵 열리며 누군가 얼굴을 내밀었다.

"이 반에 천강호 있냐?"

빡빡이였다. 다짜고짜 내 이름을 부르는 소리에 놀라 눈을 크게 떴다. 짝꿍이 내 옆구리를 치며 턱으로 빡빡이를 가리켰다. 너 찾잖아. 내가 고개를 갸우뚱거리자 짝꿍이 한숨을 내쉬곤 도로 엎드렸다.

"천강호 없어?"

엎드려 자고 있던 성빈이가 천천히 몸을 일으켰다. 그러곤 엄지 손가락으로 뒤쪽을 가리키며 말했다. 저기 있어, 천강호. 근데 왜? 성빈이의 말에 빡빡이가 어깨를 으쓱거렸다.

"감독님이 잠깐 보자는데?"

성빈이가 깜짝 놀라며 나를 봤다. 나 역시 놀란 얼굴로 성빈이 와 빡빡이를 봤다.

"날…… 왜……?"

"나야 모르지. 아무튼 빨리 가 봐. 우리 감독님 성격 급하셔."

그제야 자리에서 일어났다. 몇몇 아이들이 나를 멀뚱히 쳐다보 다 말았다.

"어디로 가야 돼?"

복도에서 내가 물었지만 곱지 않은 시선이 돌아왔다.

"감독실. 전달했으니까 난 간다."

빡빡이는 퉁명스럽게 말을 던지곤 중앙 계단을 잽싸게 뛰어 올 라가더니 눈 깜짝할 새 시야에서 사라져 버렸다.

똑똑.

몇 초가 지났는데도 아무 반응이 없었다. 그냥 갈까. 혹시 그 자 식이 장난 친 거 아닐까? 돌아서려다 말고 다시 한번 문을 두드렸 다. 여전히 아무런 소리도 들려오지 않았다. 혹시나 하고 문가에 귀 를 대 보았다.

"왔냐?"

화들짝 놀라 주저앉을 뻔했다. 뒤를 돌아다보니 아침에 봤던 그 고영표가 다리를 쩍 벌리고 서 있었다.

"일단 들어가자."

고영표가 닫혀 있던 문을 열고 안으로 들어섰다. 쭈뼛거리며 그 뒤를 따라 들어갔다. 고영표가 낡은 소파에 앉는 동안 멀뚱히 서서 주변을 둘러봤다. 말이 감독실이지 그냥 빈 교실에 칸막이 하나 쳐 놓고 책상과 의자를 갖다 놓은 게 다였다. 교실 한쪽 진열장에 옛 트로피들이 잔뜩 진열되어 있는 것만 빼면 감독실인지 창고인지 구분이 안 될 정도였다.

"앉아라."

주춤거리는 사이 고영표가 내게 손을 내밀었다. 크고 납작한 손이었다. 그 손을 멍하니 바라봤다.

"인사는 해야지."

그 말에 정신을 차리고 한 손을 내밀었다. 그가 내 손을 덥석 잡고 흔들었다. 어른의 손이란 이렇게 크고 차갑구나…… 엉뚱한 생각을 하는 사이, 악수가 끝났다.

"근데 왜……?"

"그래, 궁금하겠지. 단도직입적으로 말하마. 우리 축구부에 들어와라."

경기 초반 선제골을 먹었을 때처럼 어안이 벙벙했다. 나는 입을 쩍 벌리고 눈만 껌뻑거렸다.

"너에 대해선 알아볼 만큼 알아봤다. 그리고 어젯밤 결정했어.

지금 우리 팀엔 딱 너 같은 놈이 필요하거든."

첫 골을 먹었다고 그 경기가 패배한 건 아니다. 끝날 때까지 정신만 차리고 있으면 역전도 가능한 게 축구니까. 나는 침을 꿀꺽 삼켰다.

"죄송하지만, 저 축구 안 해요."

그럴 줄 알았다는 듯 고영표가 소파에 등을 기댔다. 그러곤 느긋하게 내 얼굴을 바라봤다.

"그래, 그거야 네 맘이겠지. 아무튼 나는 내 의사를 너한테 전달했으니 됐다. 결정은 네가 하는 거고."

"결정은 벌써 했어요."

나는 고영표의 얼굴을 똑바로 보고 말했다. 고영표는 눈 하나 깜짝하지 않고 내 말을 듣더니 알 수 없는 미소를 지었다. 더 이상 할 말이 없을 것 같아 자리에서 일어서려고 할 때였다. 고영표가 갑자기 생각났다는 듯 말을 이었다.

"참, 나도 그 영상을 본 적이 있지. 거기 달린 댓글도……."

얼굴이 확 달아올랐다. 눈에 힘을 잔뜩 준 채 고영표를 봤다. 소파에 기대앉은 고영표는 아랑곳하지 않고 말을 이어 갔다.

"솔직히 그건…… 누가 봐도 미친 짓이지. 공의 흐름과 전혀 상관없는 다이빙 태클. 상대 선수는 발목이 꺾이면서 무릎이 돌아갔어. 그러니 나처럼 그 영상을 본 사람들은 다들 널 욕하겠지."

결국 참지 못하고 벌떡 일어섰다. 예상치 못한 일격이었다. 몸이 부르르 떨렸다.

"흥분하지 말고 앉아라."

숨을 거칠게 내쉬며 계속해서 고영표를 노려봤다. 고영표가 그런 나를 보고 느긋한 미소를 지었다.

"그리고 사람들은 지금도 널 신안중 C군으로 기억하고 있겠지. 앞으로도 그럴 거고. 그걸 원하는 거냐?"

"……."

"지금처럼 네가 아무것도 하지 않고 숨기만 한다면 바뀌는 건 없을 거야. 네가 언제까지나 C군으로 살아야 한다는 뜻이지. 만약 그게 싫다면……."

고영표가 나를 힐끔 보며 말했다.

"다시 뛰면 돼. 사람들에게 달라진 모습을 보여 주라고. 그 사람들이 욕을 하건 말건 경기장에서 네 이름을 증명해 보이는 것. 그게 네가 C군이 아닌 천강호로 살 수 있는 방법이다. 비겁하게 도망치지 않고."

한 대 맞은 것처럼 멍했다. 달아오른 얼굴이 홧홧했다.

"내가 할 말은 여기까지다. 다 들었으면 이제 그만 가 봐도 돼."

거친 숨을 내쉬며 서 있던 나는 그대로 등을 돌리고 말았다. 그리고 문을 향해 성큼성큼 걸어갔다.

"인생에서 절대라는 건 없다. 오늘 너의 대답은 '아니오'였다. 내일은 또 어떻게 달라질지 모르지."

문을 열고 밖으로 나가는 내 등에 대고 고영표가 소리쳤다. 마치 내 속을 꿰뚫어 보고 있다는 듯한 말투였다. 나는 쾅 소리가 나

게 문을 닫고 감독실을 나왔다. 밖으로 나온 뒤에는 한동안 멍하
니 복도에 서 있었다.

교실로 돌아와 자리에 앉았다. 꽤나 충격이 컸지만 내색하지 않
으려 곧장 책상 위에 엎드렸다. 고영표가 했던 말들이 계속해서 머
릿속에 맴돌았다. C군이냐, 천강호냐…… 한 번도 생각해 본 적 없
는 말이었다. 에이씨. 엎드린 채로 혼자서 발을 굴렀다. 괜히 머리
만 더 복잡해진 것 같았다. 뭐? 이름을 증명하라고? 대체 자기가
뭔데…….

"야!"

순간 누군가 내 등을 철썩 때리며 말을 걸었다. 깜짝 놀라 고개
를 돌렸다. 성빈이였다.

"감독님이 뭐래?"

성빈이가 얼른 내 의자에 엉덩이를 디밀었다. 얼결에 자리를 조
금 비켜 주었다. 좁디좁은 의자에 각자 엉덩이를 반쯤 걸치고 앉아
서 서로를 멀뚱히 쳐다봤다. 성빈이가 내 어깨를 밀치며 대답을 재
촉했다.

"별말 없었어."

"야, 그러지 말고 잘 생각해 봐. 너 그러다 진짜 후회해."

나는 어깨를 으쓱거렸다.

"인생에서 절대라는 건 없으니까."

성빈이가 몸을 일으키며 의미심장하게 한 말에 나도 모르게 피
식 웃고 말았다.

"요새 그 말이 유행이냐?"

내 말에 성빈이가 눈을 흘겼다. 그런 성빈이에게 잘 가라며 손을 흔들었다. 성빈이는 할 수 없다는 듯 조용히 자기 자리로 돌아가 앉았다. 나는 손부채질을 하며 더위를 식히는 성빈이를 멍하니 바라봤다. 오후 햇살이 내 왼쪽 뺨을 뜨겁게 달구고 있었다. 천장에서 불어오는 선풍기 바람으로는 교실 안의 더운 열기가 가라앉지 않았다. 닫혀 있던 창문을 열었지만 바람 한 점 불지 않았다. 본격적인 더위가 시작될 것 같았다.

오늘도 무사히

도어락의 비밀번호를 누르려는데 현관문이 벌컥 열렸다.

"어, 형 언제 왔어?"

도운이가 음식물 쓰레기봉투를 들고 서 있었다.

"언제 오긴. 지금 막 왔는데."

애써 담담하게 대답한 뒤 도운이에게 손을 내밀었다.

"아냐, 내가 버리고 올게. 빨리 들어가 봐."

도운이가 슬리퍼를 신고 계단을 내려가는 것을 지켜본 뒤 안으로 들어섰다.

순간, 눈앞에 펼쳐진 거실 풍경을 보고 아차 싶었다. 불룩 튀어나온 배 위로 분홍색 앞치마를 두른 아빠가 주방과 거실을 분주히 오가며 음식을 나르는 중이었다.

"다녀왔습니다."

기어 들어가는 목소리로 겨우 인사했다.

"서둘러라."

상 위에 접시를 내려놓던 아빠는 나를 보지도 않고 그렇게만 말했다. 아빠의 말에 후다닥 신발을 벗고 내 방으로 들어갔다. 옷부터 갈아입은 뒤 손을 씻었다. 그런 다음 안방에서 엄마 사진을 들고 나왔다. 검은 액자 속 엄마는 여전히 밝게 웃고만 있었다. 문득 엄마가 살아 있었더라면 뭐라고 했을까 궁금했다. 너 같은 녀석은 자격이 없으니 축구를 하면 안 된다고 했을까? 아니다. 엄마라면 그렇게 말하지 않을 것이다. 엄마에 대한 기억은 이제 희미하지만 그래도 그것만은 확신할 수 있었다. 엄마는 내 편이니까. 세상이 두 쪽 나도 언제나 날 응원하겠다고 말했으니까.

"거의 다 됐다. 가서 향로랑 향초만 꺼내 오면 돼."

아빠 말에 다시 안방으로 가서 상자에 든 향로를 꺼내 왔다.

조용한 가운데 아빠가 먼저 절을 했다. 그다음 나와 도운이가 절을 하고 아빠가 시키는 대로 제사상에 술을 올렸다. 엄마는 술 안 마시는데…… 속으로 걱정이 됐지만 형식상의 절차니까 그러려니 했다. 절을 마치고 아빠는 우리더러 잠시 안방으로 들어가 있으라고 했다. 우리가 안방에 들어가고 난 뒤 아빠도 뒤따라 들어왔다. 죽은 사람이 와서 식사를 할 수 있도록 잠시 자리를 비켜 주는 것이었다. 그것 역시 형식상의 절차인 줄 알았지만 어쩐지 엄마라면 우리를 보기 위해서라도 잠시 들를 것만 같았다. 도운이도 나와 같은 생각인지 자꾸만 엉덩이를 들썩거리며 거실을 내다봤다.

"이제 나가자."

아빠의 말에 도운이와 내가 쪼르르 거실로 달려 나갔다. 거실은 누가 다녀간 흔적도 없이 적막하기만 했다. 사진 속 엄마 얼굴만 환했다. 왠지 모를 서운함에 고개를 숙였다.

마지막으로 절을 한 뒤 향초에 붙은 불을 껐다. 아빠가 술잔에 그대로 남아 있던 술을 그릇에 부은 뒤 한 모금 마셨다.

"이제 끝났으니 대충 치우고 밥 먹자."

아빠의 말에 도운이와 내가 일사분란하게 움직였다.

"참, 강호 너, 앞집 가서 고 감독님 좀 모셔 와라."

"네에? 고…… 감독님을요?"

제사용 그릇들을 상자에 옮겨 담던 나는 순간 놀라서 아빠를 쳐다봤다.

"오늘따라 음식을 너무 많이 했다. 혼자서 잘 챙겨 드시지도 못할 텐데 이럴 때 같이 나눠 먹어야지."

"지금 시간이 몇 신데요. 벌써 쉬고 계실 텐데……."

나는 싫은 티를 내지 않으려고 최대한 목소리를 가라앉혔다.

"전화로 이미 말씀드렸다. 와서 식사하고 가시라고. 그래도 그분이 이사 온 뒤로는 골목 청소도 부지런히 하시고 가끔 도운이도 챙겨 주시고…… 위층 할머니께서 칭찬이 자자하시더라. 이웃끼리 인사는 하고 살아야지."

"제가 다녀올게요!"

바로 그때 눈치 없는 도운이가 끼어들었다. 그리고 뭐라고 할 새도 없이 슬리퍼를 신고 밖으로 뛰쳐나갔다. 나는 열렸다 닫히는 문을 물끄러미 바라보고 서 있었다.

나간 지 얼마 되지도 않았는데 벌써 현관문 열리는 소리가 들렸다. 도운이가 안으로 들어서자 그 뒤를 고영표가 따라 들어왔다.

"아이고, 이거, 제가 끼어도 되는지 모르겠습니다. 불러 주셔서 오기는 했습니다만……."

말은 그렇게 하면서도 고영표는 슬리퍼를 벗자마자 능청스럽게 자리를 잡고 앉았다. 그러곤 상 위에 차려진 음식을 보고 눈을 휘둥그레 뜨며 아빠를 쳐다봤다.

"실력이 상당하십니다. 잡채며 나물이며……. 야, 이거 집밥 먹어 본 지가 언젠지……."

"편하게 드십시오. 안 그래도 언제 한번 식사나 하자고 말씀드리려고 했습니다."

말이 끝나자마자 고영표가 젓가락을 들었다. 그걸 시작으로 나와 도운이도 숟가락을 들었다. 그런 다음 우리는 맹렬히 먹기 시작했다. 아빠는 중간중간 모자란 반찬을 접시에 채우느라 부엌과 거실을 쉴 새 없이 오갔다. 그 와중에 고영표는 아버지와 소주잔을 부딪치며 건배를 했다. 나는 배불리 먹은 다음 눈치껏 자리에서 일어났다. 괜히 집에서까지 어색한 상황을 만들고 싶지 않았다.

"더 먹어라."

그렇게 말했지만 아빠도 더는 붙잡지 않았다. 나는 냉큼 내 방으로 와 문을 닫았다. 그리고 습관처럼 카톡 메시지가 오지 않았는지 확인했다. 태수의 문자가 없는 걸 확인한 뒤 침대에 누웠다. 팔베개를 한 채 맞은편 벽에 걸린 액자를 봤다. 누군가의 간절한 두 손 아래 '오늘도 무사히'라는 글귀가 적혀 있는 오래된 액자였다. 초등학교 때부터 내 방에 걸려 있었던 것 같은데 오늘처럼 자세히 보는 건 처음인 것 같았다.

나는 액자 속 빛바랜 후광 한가운데 간절히 모은 두 손을 바라보다 픽 웃고 말았다. 오늘도 무사히. 밤에 잠들기 전이나 아침에 눈뜰 때 나도 모르게 중얼거리곤 했던 말이다.

"아빠, 이거 뭐예요?"

화장실에서 나오던 도운이가 웬 쇼핑백을 들어 보이며 물었다. 어제 잠을 설친 덕분에 늦잠을 잔 나는 아빠가 차려 놓은 밥을 먹는 둥 마는 둥 하며 도운이를 봤다. 나보다 먼저 일어난 도운이는 벌써 아침을 먹고 화장실에서 볼일까지 마치고 나온 모양이었다.

"대박!"

그새 쇼핑백을 열어 본 도운이가 외쳤다. 콩나물국에 만 밥을 한 숟갈 뜨려던 아빠가 슬그머니 내 눈치를 봤다.

"그거, 주인이 따로 있는 것 같더라."

도운이가 실망한 표정으로 아빠를 봤다. 결국 참지 못하고 일어나서 도운이가 들고 있던 쇼핑백을 거칠게 낚아챘다.

"감독님이 주셔서 일단 받기는 받았는데……."

아빠가 얼버무리며 식탁 위에 있는 그릇들을 주섬주섬 치우기 시작했다.

"강호 네가 결정해라."

그제야 쇼핑백 안을 들여다봤다. 우리 학교 로고가 새겨진 새 유니폼과 축구 양말, 축구화가 들어 있었다. 아, 어쩌라는 거야, 정말. 나는 안에 든 축구 용품과 아빠를 번갈아 바라봤다. 냉장고에 반찬 그릇을 집어넣고 돌아서는 아빠와 눈이 마주쳤다. 먼저 시선을 피한 건 나였다. 나는 쇼핑백을 바닥에 도로 내려놓고 화장실로 향했다.

대충 얼굴을 씻고 나와 교복을 챙겨 입는 동안 도운이는 소파에 앉아 나를 기다렸다. 쇼핑백은 어디로 치웠는지 보이지 않았다.

"강호야……."

현관 문턱에 쪼그리고 앉아 신발을 신는 내 등 뒤로 아빠의 목소리가 들려왔다.

"네가 한다고만 하면, 아빠는 무조건 오케이다."

"……."

"잘 생각해라. 이런 기회는 많지 않아."

안 된다니까요, 아빠. 나는 못 한다고요. 속 시원히 말하고 싶었지만 그럴 수가 없었다. 이유를 설명하려고 해도 어디서부터 말해야 할지 알 수 없었다. 괜히 섣불리 얘기를 꺼냈다가 일이 더 꼬일 수도 있었다. 보복이나 복수 같은 무서운 말들이 떠올랐다. 게다가 이건 나와 태수의 일이었다. 누구도 끼어들 수가 없는. 내가 대답을 망설이는 사이 도운이가 현관문을 잡고 서 있었다.

"……다녀오겠습니다."

결국 이 말밖에 하지 못했다. 도운이를 앞세운 채 현관문을 나섰다. 등 뒤에서 문이 닫혔다. 먼저 계단을 내려가던 도운이가 갑자기 멈춰 섰다. 그러곤 들으라는 듯이 혼자서 중얼거렸다.

"뭐가 그리 복잡한지 모르겠네, 진짜."

나는 주머니에 손을 찔러 넣고 고개를 숙인 채 잠시 서 있었다. 혼자서 계단을 뛰어 내려가는 도운이의 발자국 소리가 크게 울렸다. 뒤늦게 따라잡으려고 뛰어갔지만 도운이는 어느새 골목 끝을 향해 가고 있었다. 그러곤 눈 깜짝할 새 모퉁이를 돌더니 시야에서 사라져 버렸다.

그걸 보고 터덜터덜 버스 정류장으로 향했다. 마을버스에 올라 탄 뒤 맨 뒤쪽 구석 자리에 가서 앉았다. 버스는 우리 학교 교복을 입은 아이들 서너 명을 더 태우고 난 뒤 출발했다. 순간 교복 주머니에서 진동이 울렸다. 무심코 꺼내 본 휴대폰 액정 화면에 태수 이름이 떠 있었다.

– 야, 오늘 내 생일인 거 알지? 별 노래방에서 파티하기로 했으니까 거기로 와. 선물은 필수!

태수는 친절했다. 내가 잊지 않도록 때가 되면 자신의 존재를 알려 왔다. 사람들은 지난 일이라고 말할지 모르지만 태수는 내게 과거가 아니라 현재였다. 휴대폰을 주머니에 쑤셔 넣은 채 좌석에 머리를 기댔다. 그리고 눈을 감았다. 모든 게 귀찮기만 했다. 숨 쉬는 것도, 태수와의 일도, 축구도 다……

101

민아는 멋있었다

코너를 돌자마자 좁은 복도를 사이에 두고 여러 개의 방들이 나란히 붙어 있었다. 방마다 불이 켜 있고 사람들이 악쓰는 듯한 소리가 새어 나오고 있었다. 주머니에서 휴대폰을 꺼내 문자를 확인했다. 9번 방은 복도 맨 끝에 있었다.

손에 밴 땀을 바지에 닦은 뒤 문손잡이를 잡았다. 하나, 둘, 셋을 속으로 외친 뒤 문을 열었다. 빛과 소음이 한꺼번에 내게로 쏟아지는 것 같았다. 눈을 질끈 감았다 떴다.

화려한 미러볼 아래 마이크를 든 태수가 서 있었다. 잔뜩 폼을 잡은 채 눈은 지그시 감고 있었다. 파랗고 노란 불빛이 태수 얼굴을 지나 내 얼굴을 훑고 지나갔다. 음악에 취해 진지한 표정을 짓고 있는 태수의 낯선 얼굴을 넋을 놓고 쳐다봤다.

누군가 내 옷깃을 잡아당겼다. 옆을 돌아보니 짧은 단발머리에 교복 치마를 입은 여자애가 앉아 있었다. 작지도 크지도 않는 눈에 날렵한 콧대, 야무지게 꾹 다문 입술까지. 딱 봐도 범상치 않은 미모의 소유자였다. 나도 모르게 빤히 쳐다보다 단발머리와 시선이

마주쳤다. 단발머리는 나에게 앉으라는 표시로 고개를 까딱거렸다. 어쩔 줄 모르고 시선을 이리저리 돌리다가 소파 맨 구석을 찾아가서 앉았다. 생일이라더니 다른 애들은 초대하지 않은 모양이었다. 하긴, 요즘 누가 생일 파티를 한다고. 유치하게.

처음으로 또래 여자애와 나란히 앉아 있으려니 어색하기 짝이 없었다. 게다가 태수의 노래는 듣기에도 곤욕스러운 수준이었다. 음정, 박자, 고음, 어느 한 가지도 제대로 된 게 없었다. 뻘쭘하니 앉아 있는데 갑자기 요란한 팡파레 소리가 울려 퍼졌다. 동시에 옆에 앉아 있던 단발머리가 기계적인 동작으로 서너 번 박수를 치다 말았다. 점수를 확인한 태수가 머리를 긁적이며 단발머리를 한 번 봤다. 그러곤 나를 봤다.

"넌 씨발, 맨날 늦냐?"

마이크가 꺼지지 않은 상태여서 태수의 말이 메아리쳤다.

"어휴 또 그런다! 내 앞에선 욕하지 말라니까!"

단발머리의 반응에 놀란 나는 괜히 태수 눈치를 살폈다. 혹시나 태수가 욱해서 단발머리한테 못되게 굴지 않을까 싶었던 것이다. 놀랍게도 내 걱정과 달리 태수는 마이크를 내려놓고 얌전히 자리에 와서 앉았다.

뭐지, 이 분위기는.

재빨리 상황을 파악해 보려고 했지만 좀처럼 보기 힘든 태수의 행동에 어리둥절하기만 했다.

"자, 이제 민아 네 차례야."

태수가 내려놓았던 마이크를 들어 단발머리한테 넘겼다. 그 말에 나는 단발머리의 얼굴을 다시 한번 힐끔 봤다.

민아라고? 귀찮을 정도로 태수를 따라다닌다던 바로 그 민아? 아무리 봐도 스토커는 아닌 것 같은데……. 게다가 지금 분위기상 태수가 오히려 민아 눈치를 살피는 것 같은데…….

"아니, 그보단…… 친구가 왔으면 일단 소개를 해야지."

단발머리가 허리를 곧추 세운 채 말했다. 태수는 귀찮다는 듯 살짝 얼굴을 찡그렸다.

"에이, 알잖아. 그…… 천강호라고…… 이 새끼가 내 인생……."

"아, 네가 그 강호구나? 태수한테 들었어. 난 강민아라고 해."

단발머리가 태수의 말을 끊고 불쑥 손을 내밀었다. 그 하얗고 길쭉한 손을 멍하니 바라봤다.

"야, 뭐야. 인사 안 해?"

"어, 그, 그…… 난…… 어……."

떨리는 내 목소리에 민아가 피식 웃었다. 그러곤 내밀었던 손을 거두며 팔짱을 꼈다.

"그럼 인사는 됐고. 자, 이제 노래 그만하고 우리 나갈까?"

"아니, 민아야, 아직 동전 남았잖아. 나 노래 더 하고 싶은데."

태수의 조르는 듯한 말에 민아가 단호히 고개를 흔들었다.

"어휴, 뭐래. 네 노래 듣느라 귀가 썩는 줄 알았는데."

"야, 너 정말……."

말은 그렇게 하면서도 표정은 민아 얼굴을 보며 웃고 있었다. 한

눈에 봐도 태수가 오히려 민아 눈치를 살피는 것 같았다.

결국 그때 한 말은 허세였구나. 애들 앞에서 괜히 뻐기려고 여자애 이름을 팔다니. 한심했지만 내 알 바 아니었다. 그럴 처지도 아니었고. 그저 오늘은 노랑머리와 덩치가 없다는 사실에 안도할 뿐이었다.

"나 노래방 별로야. 답답해."

"아니, 강호도 이제 막 왔는데 벌써 나가면 안 되지."

태수의 말에 민아가 내 얼굴을 봤다. 나도 모르게 얼굴이 확 붉어졌다. 조명이 어두침침한 게 다행이라면 다행이었다.

"좋아. 오늘은 네 생일이니까 조금만 더 있다 가자."

"그리고 나 오늘 기분 졸라 나쁘거든? 민아 네가 조금만 참아 줘라."

재빨리 상황을 파악했다. 보아하니 두 사람이 데이트를 하는 장소에 나를 불러들인 모양새였다. 나는 꿔다 놓은 보릿자루처럼 가만히 있으면 되는 거고. 그런데 왜 하필 나를 불렀지? 다른 친구들도 많을 텐데…….

"그러니까 내가 뭐랬어? 걔네들이랑 어울리지 말랬지? 처음에야 네가 먹을 거 사 주고 게임비 대주고 하니까 좋다 그러겠지. 게다가 넌 운동도 좀 하는 것 같고. 걔들이 너 붙여 준 거 그냥 이용해 먹으려고 그런 거야. 친구는 무슨 친구."

갑작스런 민아의 말에 놀란 사람은 태수가 아니라 나였다. 나는 눈을 크게 뜬 채 민아를 봤다. 이게 무슨 소리인가 싶었다. 아이들이 태수를 이용해 먹었다고? 내가 갖다 바친 돈은 모두 걔네들과 친해지기 위해서 쓴 거고? 처음 듣는 소리에 천장에 매달린 미러볼만큼이나 어지러웠다.

민아는 태연스레 테이블 위에 놓인 탄산수를 한 모금 마신 뒤 내려놓았다.

"에이씨, 진짜! 그 새끼들이 배신 때린 것도 모자라 대체 너까지 왜 그러는데?"

더 이상 못 참겠다는 듯 태수가 버럭 소리를 질렀다. 나도 모르게 어깨를 움찔했다.

"너 이참에 걔네들이랑 완전 인연 끊어. 안 그러면 나 너 안 볼지도 몰라. 솔직히 일진이니 짱이니 하는 거…… 유치하지 않니?"

제법 어른스러운 말투에 고개가 절로 끄덕여졌다. 태수는 그렇지 않은 모양이었다. 이마를 잔뜩 찡그린 채 민아를 노려봤다. 그 모습에 조마조마했다.

"그만해라, 진짜."

태수의 낮게 깔린 음성에도 민아는 전혀 움츠러드는 기색이 없었다. 오히려 철없는 동생을 보듯 태수를 힐끔 쳐다볼 뿐이었다.

"그래, 오늘은 네 친구도 있으니까 그만할게."

"어후, 진짜…… 일이 꼬이려니까."

열 받은 태수가 소파에 등을 기대고 다리를 쭉 뻗었다. 민아는 그런 태수를 한심하다는 듯 쳐다보고 있었다. 험악한 분위기에 나야말로 몸 둘 바를 모르고 앉아 있기만 했다. 이럴 거면 대체 나를 왜 부른 거지? 나는 멍하니 앞을 바라봤다. 노래방 기기에 딸린 타이머의 시간이 조금씩 줄어들고 있었다.

"좋냐?"

순간 태수가 발끝으로 내 종아리를 툭툭 건드리며 말했다. 영문을 모른 채 태수를 빤히 쳐다봤다.

"애들이 나 배신 때렸다니까 고소해 죽겠냐고."

"아니, 내가 뭘……."

"아, 씨발, 존나 쪽팔리네……. 너, 애 말 다 믿지 마라. 잘 모르고 하는 소리니까."

순순히 고개를 끄덕였다. 그리고 태수만큼이나 나도 쪽팔렸다. 민아가 우리 두 사람을 빤히 쳐다보고 있었기 때문이다. 태수는 그 말을 한 뒤 등을 소파에 기댄 채 눈을 감았다. 뭔가 머리가 복잡한 모양이었다. 좁은 실내에 침묵이 흘렀다. 빨리 시간이 흐르길 바랐지만 타이머의 시간은 숨 막힐 정도로 느리게 흘러갔다.

"정태수."

어색한 침묵을 깨고 민아가 입을 열었다.

"아, 왜."

태수가 대답했다.

"솔직히 말하면, 나 오늘 네 생일이라고 해서 할 수 없이 나왔어. 우리 옛 우정을 생각해서 말이야."

그 말에 태수가 민아 얼굴을 빤히 봤다.

"근데 지금 후회하고 있어."

"……."

"우리 초등학교 때부터 친구였잖아. 부모님들도 다 알고 지낼
만큼."

"근데 뭐……."

"그때 너 되게 멋있었다? 그래서 내 친구들 모두 너 좋아했잖
아. 알고 있었니?"

그 말에 태수가 희미하게 미소 지었다.

"성격 좋지, 얼굴 그만하면 잘생겼지, 축구도 잘하지. 게다가 넌
무뚝뚝한 것 같아도 세심한 면이 있었거든. 친구들 위할 줄도 알
고. 그래서 너랑 어릴 때부터 친구인 게 되게 자랑스러웠어. 실제로
자랑도 좀 했고."

"내가 그랬나?"

민아의 칭찬에 그새 기분이 좋아졌는지 태수가 머쓱한 웃음을
지었다.

"어, 완전."

"그래, 내가 좀 그런 면이 있긴 하지."

"근데 변했어. 그 이유를 난 모르겠고."

그 말에 태수가 허리를 곧추 세웠다. 그러곤 고개를 홱 돌려 나
를 한 번 봤다. 나는 반사적으로 어깨를 움찔거렸다.

"그야 이 새끼 때문에……."

"아니, 그거 다 핑계잖아. 그리고 그 소리, 이제 좀 지겨워, 난."

그 말에 태수의 얼굴이 천천히 일그러졌다. 나는 잔뜩 주눅 든

109

채 두 사람을 번갈아 바라보기만 했다.

"이게 진짜…… 친구라고 봐줬더니……."

"벌써 1년도 더 지난 일을 가지고 이러는 거, 너무하다고 생각하지 않니? 그거 다 네 실력이 예전만 못하니까 쪽팔려서 그런 거 아니냐고. 알 만한 애들은 다 알아…… 너만 빼고."

순간 숨소리도 내지 못할 만큼 놀랐다. 정말로 태수가 민아를 때리기라도 하면 어떻게 하나 걱정이 될 정도였다.

"야, 강민아!"

태수가 벌떡 일어섰다. 그러곤 두 주먹을 불끈 쥔 채 민아를 노려봤다. 태수의 거친 숨소리가 다 들릴 정도였다.

"내 말이 맞나 보네. 안 그러면 네가 이렇게까지 흥분할 이유가 없잖아."

흥분한 태수와 달리 민아는 평온해 보이기까지 했다. 결국 태수가 더 이상 참지 못하고 악, 소리를 질렀다. 그러곤 두 손으로 자기 머리카락을 마구 헝클어트리더니 다시 한번 민아를 노려봤다. 눈에서 레이저라도 나올 것 같았다.

"그 일이 너를 그럴듯하게 포장해 준다고 생각했겠지. 아니면 실력 부진에 대한 훌륭한 핑곗거리가 되어 주거나."

"강민아, 잘난 척 그만해라. 전교 1등이면 다야?"

그 말에 또 한 번 놀랐다. 전교 1등을 이렇게 가까이서 보다니. 그런 애들은 항상 딴 세상에 사는 줄 알았는데. 심지어 우리 학교 전교 1등도 얼굴 한번 본 적 없다.

내 시선은 계속해서 두 사람 사이를 빠르게 오갔다. 태수의 말에 민아는 유치하다는 듯 피식 웃기만 할 뿐이었다. 그러곤 흘러내린 머리를 귀 뒤로 꽂으며 차분하게 말을 이어 갔다.

"집에 가서 잘 생각해 봐. 오늘 네 생일에 왜 아무도 오지 않았는지."

"에이, 진짜!"

그게 결정타였다. 태수는 급소를 맞은 것 같은 얼굴로 숨을 가쁘게 내쉬더니 그길로 노래방 문을 박차고 나가 버렸다. 거칠게 열렸던 문이 저절로 닫혔다. 그 모든 광경을 지켜본 나는 혼란스럽기만 했다. 대체 뭐가 어떻고 어떻다는 걸까. 그리고 민아라는 애는 태수한테 또 왜 이러는 거고.

"너도 그러지 마."

갑작스러운 목소리에 화들짝 놀랐다. 그제야 좁은 실내 안에 민아와 나 단둘이 남았다는 사실을 깨달았다.

"뭐…… 뭘?"

"괜히 태수한테 끌려다니고 그러지 말라고, 바보같이. 니들 한때 친구였다면서. 친구끼리 그러는 게 말이 된다고 생각하니?"

"……."

"나 태수 좋아해. 친구로서 말이야. 우리 아주 어릴 때부터 같은 아파트 살면서 맨날 같이 놀러 다니고 그랬거든. 쟤 동생이랑 내 동생도 베프고. 그래서 말한 거야. 내가 아니면 아무도 태수한테 진실을 말해 주지 않을 것 같아서. 근데 모르겠다. 내가 오버한 것 같기도 하고."

　민아는 후회된다는 듯 한숨을 내쉬었다. 나는 뭐라고 말해야
할지, 시선은 또 어디에 두어야 할지 모른 채 허둥거렸다. 빨리 이
좁은 공간에서 벗어나고 싶을 뿐이었다.

　"그럼 나 먼저 갈게. 아무튼 만나서 반가웠다."

　다행히 그 말을 끝으로 민아는 자리에서 일어났다. 나는 아무
런 대답도 하지 못한 채 가방을 메고 나가는 민아의 뒷모습만 멍하
니 쳐다봤다.

　와, 공부 잘하는 애들은 확실히 뭔가 다르구나……. 어떻게 저
렇게 말을 잘하지? 나는 뒤늦게 민아의 카리스마에 감탄했다. 큰소
리 한번 내지 않고도 상대를 제압하는 눈빛과 단호한 목소리, 확신
에 찬 얼굴…… 찰랑거리는 단발머리…… 아니, 이건 카리스마랑
상관없지. 아무튼…… 대박 멋있었다. 내가 본 고딩들 중 최고로 멋
있는 애였다.

결정적 계기

노래방을 나온 뒤 혼자서 길거리를 쏘다녔다. 머릿속이 혼란스럽기만 했다. 민아 이야기를 듣고 보니 지금까지의 일은 모두 내가 자초한 일이 아닌가 싶었다. 내가 그때 그 맹세만 하지 않았어도 일이 이렇게까지 꼬이진 않았을지도 모른다. 사실 그때만 해도 태수가 그런 식으로 나올 줄은 상상도 못 했다. 그저 억울한 마음에 몇 번 그러다 말겠지 싶었다. 내가 아는 태수는 그 정도로 나쁜 놈이 아니었으니까. 어쩌면 태수도 처음에는 나를 그 정도로 괴롭힐 생각은 아니었을지도 모른다. 태수의 요구가 점점 심해진 건 우리 일에 태수 친구들이 끼어들고 나서부터였다. 말투부터 눈빛까지 태수의 모든 게 변하기 시작한 것도 그 무렵이었다.

그때부터 태수가 정말로 무섭게 느껴지기 시작했다. 아니, 태수보다도 태수를 둘러싼 친구들이 더 무서웠다. 특히 덩치가 하는 말은 내 간담을 서늘하게 만들기에 충분했다. 녀석은 자신이 지역 조폭들을 형님으로 모시고 있고 밤마다 클럽에서 삐끼 노릇을 한다고 떠벌였다. 자기 친형이 그 조폭의 일원이라며 자랑하기도 했다.

녀석이 사는 세계는 우리 같은 애들 세계하곤 차원이 달랐다. 그런 녀석을 친구로 두고 있는 태수였으니 세상 무서울 게 없이 굴었는지도 모른다. 지금이라도 태수와 단둘이 만나 얘기를 나눠 보면 뭔가 달라지지 않을까……?

에이, 됐다. 달라지긴 뭐가 달라진다고.

나는 거칠게 머리를 흔들었다. 생각할수록 답답하기만 했다. 바로 그때 주머니 속에서 휴대폰 진동이 울렸다. 안 봐도 뻔했다. 그런 식으로 집에 갔으니 틀림없이 나에게 화풀이를 하려는 거겠지. 휴대폰을 꺼내 보기가 망설여졌다. 태수가 길길이 날뛸 거라 생각하면 아찔했지만 그 순간만큼은 나도 오기가 생겼다. 하지만 예상과 달리 휴대폰 진동은 몇 번 짧게 울리다 말았다. 그제야 주머니에 손을 집어넣어 휴대폰을 꺼냈다. 발신 번호를 보니 모르는 번호였다. 누구지? 스팸인가? 괜히 쫄았네……. 신경질적으로 도로 주머니에 집어넣으려는데 또다시 진동이 울렸다. 호기심에 통화 버튼을 눌렀다.

"여보세요?"

어, 어디서 들어 본 목소리인데……. 나는 걸음을 멈춘 채로 고개를 갸웃거렸다.

"혹시 이거 강호 전화 아니에요?"

그제야 나는 목소리의 주인을 기억해 냈다.

"호승이 형?"

와락, 반가운 마음이 들었다.

"아, 맞네, 맞아! 난 또 아닌 줄 알고."

"우아, 형! 오랜만! 진짜 얼마 만이야, 이게?"

"나 귀 안 먹었다. 좀 작게 말해……."

그제야 나는 주변을 둘러봤다. 길 가던 사람들 한두 명이 나를 쳐다보는 게 느껴졌다. 나는 휴대폰을 귀에 댄 채 걷기 시작했다.

"아니, 예전에 네가 내 휴대폰에 찍어 둔 번호가 있어서 혹시나 하고 한번 해 본 건데……. 아무튼 잘 지내고 있었지?"

"아니, 어……."

순간 뭐라고 대답해야 할지 몰라 얼버무렸다.

"뭐야, 너 뭔 일 있어?"

눈치 빠른 호승이 형이 대뜸 물었다.

"일은 무슨…… 나야 잘 지내고 있지……. 형은?"

호승이 형에게 얼른 질문을 돌렸다.

"야, 실은 내가 진짜 전화 안 하려고 했거든. 예전에 내가 했던 말도 있고 해서."

생각났다. 호승이 형은 다 잊으라고 했다. 거기서 만난 사람들은 잊고 다시는 소년원에 오지 말라고……. 하지만 나는 잊지 않겠다고 다짐했다. 호승이 형도, 소년원 선생님들과 했던 탁구 시합도, 금요일에만 맛볼 수 있었던 초코송이와 젤리도……. 비록 3개월 동안이었지만 형이 있어 내 소년원 생활이 평탄했다는 것쯤은 나도 알았다. 그런데도 고맙다는 말을 한 번도 하지 못하고 온 게 내내 마음에 걸렸다. 그랬으면서 이렇게 까맣게 잊고 지냈다니, 나 자신이 한심한 생각이 들었다.

"근데 내가 입이 근질거려서 죽겠더라고. 어디 자랑할 데도 딱히 없고⋯⋯."

뭔가 좋은 일이 있는지 형의 목소리가 구름을 탄 듯 가벼웠다. 그 목소리에 조금 전까지만 해도 답답하기만 했던 나도 기분이 조금 풀리는 듯했다.

"아, 뭔데⋯⋯ 빨리 말해 봐."

내가 재촉하자 호승이 형이 실실 웃는 소리가 들렸다.

"야, 웃지 마라⋯⋯. 나 어제 고졸 검정고시 합격했어."

"어⋯⋯?"

호승이 형의 수줍은 고백에 나도 모르게 웃음이 터져 나왔다. 한참을 웃다 정신을 차려 보니 어느새 버스 정류장 앞이었다.

"야, 비웃냐?"

"아냐, 형. 진짜 축하해!"

내 말에 호승이 형이 웃었다. 예전과 똑같은 웃음소리였다. 그 웃음에 얼마나 많은 의미가 담겨 있는지 나는 알았다. 생각해 보면 소년원에 있을 때부터 호승이 형은 누구보다 잘 살고 싶어 했다. 하지만 막상 밖에 나가면 달라진 게 하나도 없다고 했다.

'나 혼자 다짐하면 뭐 하냐고. 밖에 나가면 어차피 똑같은데.'

형의 의기소침한 표정이 모든 걸 말해 주었다. 형 말대로 소년원에 오는 아이들 대부분이 안에서는 절대 나쁜 짓을 하지 않겠다고

다짐해도 소년원을 나서는 순간 비슷한 행동을 반복하게 되는 게
현실이었다. 친구들도, 부모님도, 가난도, 폭력도…… 모든 게 그대
로인 현실에서 혼자만의 의지로 그 고리를 끊어 내기란 쉬운 일이
아니었다.

'그래도 평생 교도소나 들락거리며 살 순 없지 않냐? 나도 이번
엔 마음 단단히 먹었다고. 니들이 내 말의 증인이 되어 줘.'

그때만큼은 호승이 형의 팔뚝에 새겨진 잉어 문신이 무섭게 느
껴지지 않았다. 호승이 형은 돈을 모으면 문신부터 지울 거라고 했
다. 이전과 다르게 살고 싶다는 호승이 형의 바람은 그만큼이나 굳
건했다.

"야, 따지고 보면 너랑 나랑 검정고시 동창 아니냐. 다른 사람은
몰라도 너한텐 말해야 될 것 같아서."

자신감 넘치는 호승이 형의 목소리에 덩달아 힘이 나는 것 같
았다. 나는 뜨겁게 달아오른 버스 정류장 벤치에 앉아 계속되는 호
승이 형의 얘기를 들었다. 호승이 형은 한동안 대전에 있는 기숙사
형 공장에서 일했다고 했다. 예전에 어울리던 친구들과의 인연도
정리할 겸 기술도 배울 겸 올라갔는데 거기서 좋은 사람들을 많이
만났다고 했다.

"야, 강호야, 내가 살아 보니까 세상에는 좋은 사람도 많더라. 내
가 도와달라고 하면 자기 일이 아닌데도 선뜻 나서서 도와주는 사
람도 많고. 그러니깐 너도 힘든 일 있으면 먼저 손을 내밀어 봐. 나

처럼 혼자서 끙끙 앓다가 원망만 하지 말고."

전화를 끊기 전 호승이 형이 나에게 한 말이었다.

변하려는 의지가 있다면 내가 먼저 손을 내밀어야 한다…….

혼자서 벤치에 앉아 호승이 형의 말을 오래 곱씹었다. 호승이 형이 전과 다른 삶을 살기 위해 치열하게 노력하는 동안 나는 뭘 했나 싶었다. 그리고 깨달았다. 지금처럼 숨기만 해서는 아무것도 변하지 않는다는 것을. 그제야 고영표의 말이 떠올랐다.

C군이냐, 천강호냐.

고영표 말대로 그건 순전히 내 선택에 달려 있었다. 그 사실을 인정하지 않는다면 나는 영원히 그때 그 영상 속 C군으로 남을 뿐이었다.

결국 나는 결심했다. 더 이상 C군으로 살지 않겠다고. 엄마, 아빠가 지어 준 내 이름 천강호를 되찾아 오겠다고.

새 소년 천강호

얇은 유니폼의 감촉이 부드러웠다. 등에 새겨진 내 번호는 7번
이었다. 현관 거울 앞에 서서 유니폼 상의에 머리를 집어넣었다. 맞
춘 듯 몸에 착 달라붙었다. 거울로 보니 검은 바탕에 황금색으로
글자가 인쇄된 학교 로고가 눈에 띄었다. 내친김에 하의도 갈아입
었다. 축구 양말까지 갖춰 신으니 옛날 생각이 났다. 아무 걱정 없
이 경기장을 마음껏 뛰어다니던 때가.

한참을 거울 앞에 서 있었다.

이래도 될까……?

순간 고개를 세차게 흔들었다.

더 이상 망설이지 않을 거야.

휴대폰으로 시간을 확인한 뒤 밖으로 나갔다. 그리고 정신없이
뛰어 마을버스에 올라탔다. 겨우 자리를 잡고 앉았다. 버스 차창
에 비친 내 모습을 보니 그제야 가슴이 뛰기 시작했다. 거기에 있는
나는 틀림없는 천강호였다. 내내 숨기 바빴던 신안중 C군이 아니
었다.

당당해져야지. 무슨 일이 있어도 다시는 숨지 말아야지. 도로를 달리는 차들을 보며 다짐하고 또 다짐했다. 그러는 사이 버스는 어느새 학교 앞 정류장에 도착했다.

"뭐 해? 옷 입었으면 빨리 와서 뛰어! 멍청히 서 있지 말고!"

그럴 줄 알았다는 듯 나를 본 고영표가 소리쳤다. 얼른 나무 뒤로 몸을 숨겼지만 이미 늦은 것 같았다. 이런다고 커다란 몸이 숨겨지는 것도 아니고.

슬그머니 나무에서 비껴 선 채 쭈뼛거리며 눈치만 봤다. 막상 운동장에 나오니 잘한 짓일까 걱정이 됐다. 이제 와서 뭘 한다고……. 그냥 집으로 돌아갈까. 오랜만에 신어 본 새 축구화도 어색하기만 했다. 그날 태수 생일 선물로 주려고 가져갔다가 도로 가져온 신발이었다.

"셋 셀 때까지 안 오면 운동장 열 바퀴다!"

결국 참지 못하겠다는 듯 고영표가 꽥 소리를 질렀다. 그 말에 저절로 몸이 반응했다. 총알처럼 앞으로 튀어 나가다가 돌부리에 걸려 넘어졌다. 운동장에서 패스 훈련을 하던 애들이 나를 보고 웃는 소리가 들렸다.

고영표의 한숨 소리도 다 들렸다. 얼른 일어나 먼지를 털었다. 무릎이 조금 까진 것 말고는 다친 데는 없는 것 같았다. 쪽팔린 게 문제지.

"너희들은 다음 훈련 준비하고!"

그 말에 아이들이 일사분란하게 움직였다. 콘을 세우고 그 사이로 공을 차며 빠져나가는 드리블이었다. 지루하고 힘든 훈련이지만 공에 대한 감각을 최대치로 끌어올리는 데는 그만한 훈련이 없었다. 아이들 각자 공 하나씩을 들고 자기 위치로 돌아가고 있었다. 이때다 싶어 나도 재빨리 줄의 맨 끝으로 가서 붙었다. 그런 나를 성빈이가 놀라서 쳐다보고 있었다. 나는 못 본 척 고개를 숙였다.

"뭐야, 그새 뭔 일 있었어? 어떻게 된 거야, 임마?"

성빈이가 뒤돌아보며 빠르게 질문을 쏟아 냈다. 나는 훈련에 집중하라며 성빈이의 등을 툭 밀었다.

"나중에 얘기하자."

"짜식, 멋진 척은."

때마침 고영표가 내게 공 하나를 패스했다. 나는 그 공을 발끝으로 잡아챘다. 그러곤 발밑에 놓인 공을 뚫어져라 쳐다봤다. 둥근 공의 부드러운 느낌이 생생한 걸 보니 꿈은 아니었다.

왈칵, 눈물이 날 것 같았다. 대체 이게 뭐라고…….

나는 벅차오른 가슴을 진정시키려 심호흡을 했다. 그러고는 발바닥으로 공의 표면을 살살 굴렸다. 발바닥 전체에 공의 굴곡이 느껴졌다.

그래. 내 발 아래 공이 있다. 그리고 이 작은 공 하나가 내겐 또다른 세상이다. 이 사실을 인정하기까지 너무 오래 걸렸다.

'그래, 이왕 시작한 거, 제대로 해 보자!'

나는 한 명씩 앞으로 튀어 나가는 아이들을 보며 속으로 다짐했다.

"이제 시합이 며칠 안 남았다. 우리 대한고가 죽지 않았다는 걸 보여 줄 절호의 기회다. 너희들이 대한고의 왕관을 다시 되찾아 오 길 바란다."

고된 훈련이 끝난 뒤 고영표가 비장한 목소리로 말했다. 감독도 아이들도 모두 단 한 번의 승리가 절박한 시점이었다. 이번 대회에 서 첫 승을 따내느냐 마느냐에 따라 학교 측의 태도도 달라질 것이 었다. 결과에 따라 대한고 축구부의 존폐 여부가 달려 있었다.

"우리의 목표는 전국 대회 본선 진출이다. 지역 예선을 거친 뒤 본선에서 우승해야 전국 대회 출전권을 따낼 수 있다. 어려운 과정 이니만큼 마지막엔 체력 싸움이 될 거다."

고영표는 둥글게 모여 서 있는 아이들 한 명 한 명을 돌아보며 신중하게 말했다.

"다들 알아서 몸 관리 잘하고, 특히 뒤늦게 합류한 천강호는 무 슨 수를 쓰든지 단기간에 체력을 끌어올려야 한다."

나는 말없이 고개를 끄덕였다.

"잘해 보자."

누군가 내 어깨를 툭 치며 말했다. 그때 그 빡빡이였다. 이름이 김장훈이라는 것도 오늘 처음 알았다.

"그래, 잘 왔어."

"야, 천강호가 오니까 든든하다."

장훈이를 시작으로 다른 아이들도 하나둘 내게 인사하기 시작했다. 그중에는 우리 반 기철이도 섞여 있었다.

"어차피 할 거면서 그렇게 내숭 떨었냐?"

마지막 성빈이의 말에 모두가 웃음을 터뜨렸다. 나는 머쓱한 표정으로 성빈이를 노려보다가 그만 함께 웃고 말았다. 습하고 더운 바람이 불어왔다. 땀에 전 유니폼 냄새가 한꺼번에 콧속을 파고들었다. 1년 전만 해도 늘 익숙하게 맡았던 바로 그 냄새였다.

"그러니까 민아인지 뭔지 걔 때문이라는 거지?"

집으로 돌아가는 길에 성빈이가 눈을 게슴츠레 뜨고 말했다. 얼굴이 빨개진 나는 성빈이 어깨를 내 어깨로 툭 밀치며 말했다.

"아니라니까 그러네. 정말 그런 거 아니라고!"

"야, 야, 흥분하지 마라. 그러니까 정말 그런 것 같잖아."

히죽거리며 웃는 성빈이의 얼굴이 얄미웠다.

"어휴, 내가 무슨 말을 못 해요."

투덜거리는 내 머리 위로 민아의 얼굴이 쓰윽 떠올랐다. 마치 만화의 한 장면처럼. 화들짝 놀라 나도 모르게 고개를 세차게 흔들었다.

"야, 괜히 김칫국 마시지 마라. 그런 이루지 못할 사랑 따위, 오글거려서 어떻게 하냐? 게다가 너희 둘 신분 차이가 너무 나잖아."

그 말에 발끈해서 내가 소리쳤다.

"야, 그건 또 아니지. 똑같은 사람끼리 차이는 무슨 차이가 난다고 그래?"

"한 사람은 전교 1등이고 또 한 사람은……."

"임마, 나 꼴등 아니거든? 이번 중간고사 때도 300등 안에는 들었다고!"

"1학년 전체 332명 중에서?"

성빈이가 놀리듯 말했다.

"어쨌든 꼴찌는 아니잖아."

"넌 애가 참 긍정적이구나."

"어우, 이게 정말."

나는 성빈이의 옆구리를 향해 가볍게 주먹을 날렸다. 성빈이가 배를 움켜잡고 쓰러지는 흉내를 냈다.

"야, 거기 아니야."

내가 손가락으로 옆구리를 가리키자 배를 잡고 있던 성빈이가 이번엔 옆구리에 손을 올리고 죽는 시늉을 했다. 그러면서도 뭐가 그리 좋은지 계속해서 낄낄거렸다. 덩달아 나도 쉴 새 없이 웃었다. 너무 웃어서 눈물이 찔끔 날 만큼.

"야, 근데 넌 왜 나한테 태수가 괴롭힌다는 얘길 안 했냐? 나야말로 진짜 서운하다."

실컷 웃고 난 뒤에 성빈이가 정색을 하고 말했다.

"그게…… 솔직히 말하기가 조금 그랬어. 나도 자존심이라는 게 있으니깐."

정말 그랬다. 성빈이만큼은 내가 태수 꼬붕 노릇을 하고 있다는

125

걸 모르길 바랐다. 이유야 어찌 되었건 그게 내 마지막 자존심이기도 했다. 결국 지키진 못했지만.

"하긴, 그런 상황이면 나라도 너처럼 행동했을 거 같긴 해. 태수그 자식 소문 안 좋을 때부터 알아봤어야 하는 건데."

"다 나 때문이지, 뭐."

"야, 그게 말이 되냐? 네가 일부러 그런 것도 아니고……. 그건실수였다고. 물론 네 입장도 이해는 하지만 그래도 태수가 그걸 이용해서 널 괴롭힌 건 분명 잘못된 거야."

"태수도 억울했을 거야. 축구하는 애들 그 심정이 어떨지 알잖아. 눈앞에서 좋은 기회를 날려 버렸는데 내가 얼마나 미웠겠어."

"짜식, 넌 그게 문제라니까. 너보단 항상 다른 사람 마음을 먼저생각하는 거."

"내가 좀 멋있어서 그래."

"미친놈."

성빈이가 고개를 절레절레 흔들었다.

"다음에 또 태수가 부르면 그땐 나랑 같이 가자. 일진이고 뭐고내가 다 썹어 줄 테니까."

"야, 졸라 맞지나 마라. 걔네들 생각보다 무서운 애들이야."

"짜식, 쫄기는! 나만 믿어. 내가 가서 싹 쓸어 버릴 거니까."

"넵, 알겠습니다, 형님!"

나는 장난스레 허리를 90도로 구부렸다. 성빈이는 이때다 싶게내 등 위에 올라타려고 했지만 내가 먼저 성빈이의 가슴팍을 밀쳐

내는 데 성공했다.

"그나저나 그 여자애가 진짜 대단하긴 한가 보네. 천강호 고집을 꺾어 놨으니."

나는 말없이 피식 웃기만 했다. 민아의 말이 내 마음을 움직인데 한몫한 건 사실이었으니까.

컨트롤

훈련은 오전과 오후 두 번에 나눠서 이루어졌다. 고영표의 훈련 방식은 특이했다. 보통 축구부 훈련은 패스와 슈팅, 전술과 체력 위주로 구성된다. 이런 훈련을 마치고 나면 나머지 30여 분은 팀을 나눠 경기를 하곤 했다.

하지만 고영표는 두 시간 동안 공 컨트롤만 하라고 했다. 키를 넘는 폴대를 빽빽하게 세워 둔 뒤 발로 공을 컨트롤해서 그 사이를 빠져나가야 했다. 그때 필요한 기술이 인사이드와 아웃사이드, 인프론트였다. 발의 안쪽 넓은 부분을 이용해 공을 밀어낸 뒤 다시 발의 바깥 부분으로 공을 연속해서 밀어내거나 발끝으로 공을 차면서 앞으로 전진하는 기술이었다. 일단은 공을 빠르고 정확하게 목표 지점까지 이동시키는 게 목표였기 때문에 무릎을 낮추고 몸에 힘을 빼야 했다. 말이 두 시간이지 같은 동작을 내내 반복하다 보면 입에서 단내가 풀풀 날 정도로 체력이 달렸다.

"명심해라. 지루한 반복만이 프로 선수를 만든다!"

우리가 느슨해지려고 할 때마다 고영표의 우렁찬 목소리가 정신을 일깨웠다. 공을 자신으로부터 떨어트리지 않고 원하는 방향으로 정확하게 보냈다가 끌어당기기 위해선 엄청난 집중력이 필요했기 때문에 훈련 도중 잡담하는 아이는 한 명도 없었다.

공이 맨땅에 쓸리는 소리와 아이들의 거친 숨소리만 넓은 운동장을 가득 메웠다. 아직 기술이 서툰 아이들은 발끝에서 공이 튕겨 나가기 일쑤였다. 그때마다 고영표가 직접 나서서 시범을 보였다. 고영표는 몸을 낮춘 채 순간적으로 공을 안과 밖으로 밀어내고 끌어당겼다. 마치 보이지 않는 고무줄로 발과 공이 하나로 묶여 있는 것 같았다. 고영표의 발이 가는 곳에 공이 저절로 따라붙는 것처럼 보일 정도였다.

아이들은 이 훈련을 제일 힘들어했다. 짧은 시간 안에 둥근 공을 발끝으로 정확하게 다루기란 매우 어려운 일이었다. 잔뜩 기대를 하고 있던 애들 사이에서 불만이 터져 나오는 것도 당연했다.

"이런 훈련이 정말 소용이 있을까? 그냥 슈팅이나 때렸으면 좋겠는데……."

고영표의 낯선 훈련 방식에 맨 처음 이의를 제기한 건 빡빡이였다. 빡빡이는 팀에서 슈팅 감각이 제일 좋았다. 그래서 그런지 공을 뻥뻥 차 올리려는 본능을 억누른 채 계속해서 발끝으로 공을 굴리는 훈련에 영 재미를 느끼지 못했다.

"패스는 언제 하는 거지? 그게 더 급한 거 아냐? 어차피 경기를 할 때는 내내 패스를 해야 되는데."

팀에서 달리기가 가장 빨라서 별명이 치타인 은찬이도 조용히 토를 달았다.

"감독님도 다 생각이 있겠지, 뭐. 설마 필요도 없는 걸 계속 하라고 하겠냐?"

뒤늦게 합류한 성빈이가 아이들을 다독였다.

"얘들아, 공부도 기본이 중요하잖아. 축구도 마찬가지 아닐까?"

수비를 맡은 강준이가 말했다. 듣고 보니 그럴듯한지 아이들이 고개를 끄덕였다.

지루하고 고된 훈련인데도 아이들은 어찌 됐건 최선을 다했다. 한두 명을 빼곤 어릴 때부터 축구를 해 온 아이들이어서인지 생각보다 기술 습득이 빨랐다. 훈련의 단계가 높아질 때마다 여기저기서 곡소리가 났지만 포기하는 사람은 한 명도 없었다.

"살아남는 놈이 끝까지 가는 게 아니라 끝까지 가는 놈이 살아남는다!"

고영표의 말대로 모든 게임은 일단 끝까지 가 봐야 알 수 있었다. 인생이라는 게임에서도 마찬가지가 아닐까? 나는 이미 땀으로 흠뻑 젖은 유니폼 끝자락으로 얼굴에 흐르는 땀을 닦으며 혼자 생각했다.

태수는 그때 그 노래방 사건 이후로 내내 연락이 없었다. 그게 내내 찜찜했지만 애써 좋은 쪽으로 생각하려고 했다. 어쩌면 나를 괴롭히는 일에 흥미를 잃은 건 아닐까? 가능할 것 같진 않지만 그렇게 생각하는 게 마음 편했다. 머릿속에 그런 생각들이 떠오를 때마다 일어나서 푸시업을 하거나 방문에 설치해 놓은 철봉에 매달려 턱걸이를 했다. 잡생각을 떨쳐 버리는 데는 몸을 움직이는 게 최고였다.

"하, 저 새끼 드리블 쩔어."

내가 드리블하는 것을 지켜본 은찬이가 소리쳤다. 못 들은 척했지만 속마음은 짜릿했다. 공을 잡고 뛸 때의 스피드가 누구보다 빠르다는 것. 그게 내 장점이었으니까. 남보다 작은 키를 만회하기 위한 나름의 무기인 셈이었다. 피지컬로 뚫을 수 없는 공간을 기술로 돌파할 수 있다면 크고 빠른 상대 선수와도 얼마든지 겨뤄 볼 만하다는 게 내 생각이었다. 그러기 위해 드리블과 개인 기술은 필수였다. 웬만큼 해서는 상대 선수에게 금방 공을 빼앗기고 말기 때문에 상대 선수보다 반 박자 빠른 타이밍에 순간적으로 공의 방향을 바꿀 수 있어야 했다. 타고난 스피드와 피지컬이 아니더라도, 내가 신안중에서 주전 멤버에 꾸준히 이름을 올릴 수 있었던 이유다.

"공은 둥글다. 그래서 다루기가 어렵지. 이 둥근 공을 제대로 컨트롤을 할 수 있는 사람만이 선수로서의 자격이 있는 거다! 기본이 가장 중요하다는 사실을 잊지 말 것!"

처음 고영표의 훈련 방식에 의문을 품었던 아이들도 차츰 그의 철학에 수긍하기 시작했다. 어릴 때부터 별생각 없이 축구를 해 온게 후회된다는 녀석도 있었다.

"솔직히 나도 이제야 공을 제대로 다룰 줄 알게 된 것 같아. 내

퍼스트 터치가 엉망이었다는 것도 이제 알았다니까."

"맞아, 드리블이 중요한 건 알지만 막상 시합 나가면 못 하잖아. 괜히 공 몰고 가다 뺏겨서 실점이라도 해 봐라. 그 욕을 누가 다 먹냐고."

"말이 빌드업이지. 기술이 없는데 무슨 빌드업을 하겠어. 패스만 하면 막혀 버리는데. 감독님 말대로 그때그때 필요한 기술을 써서 조금씩 전진해 나갈 필요도 있어."

우리 모두에게 대한고 축구부는 마지막 끈이었다. 그래서 그런지 처음에는 공을 다루는 데 어려움을 느꼈던 아이들도 차츰 자신이 원하는 방향으로 공을 자유롭게 이동시킬 줄 알게 되었다. 정해진 훈련 시간 외에도 밤낮없이 연습한 결과였다. 나를 포함한 열네 명 모두가 밥 먹는 시간을 제외하곤 오로지 공과 함께였다. 나 역시 감각을 끌어올리기 위해 매일 드리블 연습을 했다. 잠깐의 휴식을 가진 뒤에는 근력을 키우기 위한 웨이트 훈련에 집중했다. 그동안의 공백 기간이 아깝다는 생각이 들었지만 그럴수록 더욱더 훈련에 매진했다.

"야, 우리 진짜 이번엔 잘해 보자. 그동안 무시당한 설움을 이번 기회에 날려 버려야지!"

골키퍼인 2학년 대수 형의 말에 아이들 모두 고개를 끄덕였다.

"맞아, 축구부를 없애느니 마느니……. 솔직히 그런 소리 들을 때마다 졸라 자존심 상했거든. 축구부 없어지면 우린 어디로 가냐고. 여기가 마지막이라고 생각하고 왔는데."

프로 유스 구단에서 방출되어 온 수비수 태형이가 말했다. 태형이는 중학교 때 키가 크지 않아 수비수로서는 불리한 체격 조건이었다. 그러나 고등학생이 된 뒤 한 달 만에 2센티미터가 자라면서 폭풍 성장을 하는 중이었다.

"고 감독님 말씀대로 대한고 축구부의 명성을 우리가 되찾아 오자!"

시합을 일주일 앞두고 성빈이가 말했다. 햇볕에 까맣게 탄 아이들의 눈빛이 어느 때보다 뜨겁게 빛났다.

"아, 빨리 뛰어 보고 싶다!"

"첫 골의 주인공은 나다!"

"야, 김칫국 마시지 마라. 첫 골은 내 거니까."

"강준아, 너만 믿는다. 대수 형도."

오른쪽 윙어가 주 포지션이었던 은찬이가 수비수 강준이와 골키퍼인 대수 형을 향해 말했다.

"야, 걱정 마. 내가 수비만 벌써 8년째다."

"그래, 니들 하고 싶은 거 다 해. 뒤는 내가 봐 줄 테니까."

골키퍼 장갑을 낀 대수 형이 커다란 두 손을 활짝 펴 보이며 소리쳤다.

"넌 패스 좀 잘하고."

성빈이가 장훈이를 향해 말했다.

"내 패스는 완전 택배지, 택배. 그것도 퀵 배송!"

133

장훈이의 농담에 아이들이 깔깔거리며 웃었다.

운동장 바깥 트랙 위에 서 있던 고영표가 생각에 잠긴 듯 무표정한 얼굴로 그런 우리들을 바라보았다.

강적들

오전 9시 50분.

학교 앞 도롯가에 대형 플래카드가 부착된 버스가 서 있었다. 시합을 응원하러 온 학부모들이 정문에 모여서 보온병에 든 커피를 나눠 마시고 있었다. 감독이 바뀐 뒤 첫 경기라 학부모들도 기대가 큰 모양이었다. 집이 먼 탓에 숙소에서 생활하는 아이들은 일찌감치 유니폼을 챙겨 입고 버스에서 대기 중이었다.

버스에 오르기 전 팬스레 빈 운동장을 둘러봤다. 지난 몇 달 동안 우리의 땀과 거친 숨소리로 가득했던 곳이었다. 솔직히 너무 힘들어 포기하고 싶은 순간도 많았다. 토하고 싶을 만큼 체력이 바닥난 순간도 있었다. 고영표가 우리의 한계를 시험하러 온 저승사자처럼 보일 정도였다. 그래도 나는 버텼다. 성빈이의 말대로 영혼까지 끌어모아 버텨야 할 정도로 절박했다.

증명하고 싶었기 때문이다. 내가 더 이상 신안중 C군이 아니라 대한고 축구부의 7번 천강호라는 것을.

"야, 시간 다 됐어. 빨리 타."

언제 왔는지 주장 근수 형이 내 등을 떠밀었다. 얼른 정신을 차리고 버스에 올라탔다. 맨 뒤쪽에 앉아 있던 성빈이와 은찬이가 손을 흔드는 게 보였다. 두 사람을 향해 성큼성큼 걸어갔다.

"주장, 인원 점검해!"

가볍게 버스에 올라탄 코치님이 근수 형을 향해 말했다.

"야, 코치님 오셨다. 조용히 해."

신나서 떠들어 대는 옆자리 강준이와 태형이를 보고 은찬이가 말했다. 인원 점검을 마친 근수 형이 코치님에게 보고하는 사이, 학부모들과 인사를 나누던 고영표가 버스에 올라탔다. 그는 운전석 옆에 서서 한동안 우리를 쳐다봤다.

"다들 준비됐나?"

짧고 강한 질문이었다.

"넵! 준비됐습니다아!"

버스가 들썩거릴 정도로 크고 힘찬 소리에 운전기사 아저씨의 어깨가 잠깐 들썩거렸다.

"모든 경기는 이기려고 나가는 것이다. 알았나?"

"알겠습니다아!"

"좋다. 간다."

"간다!"

"가즈아!"

앞에서 외치면 뒤에서 따라 외치는 식이었다. 여기저기 파이팅 넘치는 소리에 가슴이 후끈 달아올랐다.

"어우, 긴장돼……."

버스가 시합 장소인 효정운동장 입구로 진입하자 잠든 줄 알았던 성빈이가 내게 속삭였다.

"막상 경기장 들어가면 졸라 잘 뛰면서."

그게 성빈이의 특징이었다. 시합 전엔 물 한 모금 마시지 못할 정도로 긴장하다가도 막상 경기에 투입되면 전혀 다른 녀석이 된다는 걸 알기에 그리 걱정되지는 않았다.

"응원이 요란한 팀치고 제대로 실력 발휘하는 것 못 봤다, 내가."

버스에서 내린 뒤 경기장을 바라본 강준이가 괜한 허세를 부리며 건들거렸다. 나머지 아이들도 관중석에 모여 있는 응원단을 바라보며 어깨를 으쓱거렸다.

"야, 기죽지 마라. 골만 터지면 쥐 죽은 듯이 잠잠해질 테니까."

그 말이 끝나기도 전에 상대 팀 관중석에서 북소리가 들려왔다. 승리를 기원하는 플래카드와 요란한 깃발들을 보자 시합도 하기 전에 왠지 주눅이 들었다. 텅텅 빈 우리 팀 관중석과는 대비되는 모습이었다.

고영표와 코치님이 상대 감독님과 인사하는 사이 본부석으로 갔다. 남규 형과 선우 형은 시합 전 화장실에 다녀온다며 체육관으로 뛰어간 뒤였다. 먼저 선수 확인 절차를 마치고 팀 벤치로 이동하는 사이 영산고 선수들이 우리를 힐끔거리며 속삭이기 시작했다.

"헐, 쟤네야?"

"선수 부족하다더니 중학생 데려온 거 아냐?"

우리보다 머리통이 하나씩은 큰 선수들이 하는 말이 뒤통수에 와서 꽂혔다.

"어휴, 저것들이 진짜……."

앞서 걷던 장훈이가 그 말에 발끈해서 뒤를 돌아봤다.

"야, 반응하지 말고 그냥 조용히 가. 어차피 지면 찍소리 못 해."

강준이가 그렇게 말했지만 실은 자신 없는 표정이었다. 강준이만 그런 게 아니었다. 다른 애들도 벌써 진 것 같은 얼굴로 땅만 보며 걷고 있었다. 버스 안에서 하늘 높은 줄 모르고 치솟았던 사기는 상대 팀 선수들의 피지컬을 보자마자 금세 수그러들었다. 게다가 교체 선수도 없는 우리 팀에 비해 상대 팀은 2군 선수도 꽤나 많은 듯했다.

나 역시 대놓고 상대 선수를 무시하는 말에 기분이 상하기도 했지만 솔직히 영산고 입장에서 보면 우리를 얕잡아 보는 것도 이해가 됐다. 2, 3학년 선수 위주로 구성된 영산고 선발 팀에 비해 우리 팀은 3학년 선수가 셋, 2학년 선수가 둘이고 나머지는 죄다 1학년 선수였다. 성장기의 3학년과 1학년 선수의 피지컬은 엄청난 차이를 보이기 때문에 객관적인 선수 구성으로만 본다면 영산고가 우리를 무시하는 건 당연한 일이었다. 하지만 내 생각은 달랐다.

"우리가 이길 거야."

나는 옆에서 불안해하는 태형이에게 말했다. 벤치에 앉아 축구화 끈을 조이고 있던 아이들이 한꺼번에 나를 쳐다봤다.

"야, 솔직히 이건 좀…… 5번 선수 키 좀 봐. 센터백 같은데 아주 넘사벽이다."

"그래, 영산고 수비 엄청 강하잖아. 뚫기 힘들 것 같아."

"솔직히 첫 시합부터 전국 대회 우승 후보 팀이랑 붙는 건 개오버야."

나 혼자 아랫입술을 깨물었다. 자신감 없는 아이들 목소리에 화가 났다. 다들 그토록 뛰고 싶어 했으면서…….

"그럼 여기까지 뭐 하러 왔어?"

결국 참지 못하고 발끈하고 말았다.

"어차피 질 줄 알면서 굳이 뭐 하러 왔냐고. 지금이라도 집에 가면 되지."

성빈이가 진정하라며 내 옷깃을 잡아당겼다. 성빈이의 손을 거칠게 뿌리친 뒤 소리쳤다.

"난 이 시합 이길 거야. 그러니깐 너희들도 이겨."

잠시 생각에 잠겨 있던 장훈이가 나를 한번 쳐다봤다. 누구보다도 간절한 눈빛이었다.

"나도 이길 거야. 이기려고 왔으니까."

장훈이가 넓은 경기장을 노려보며 말했다.

"야, 그래. 감독님 말씀대로 시합 끝나기 전까지는 아무도 모르는 거야. 그게 축구잖아. 가볍게 영산고 잡고, 전국 대회 가자."

태형이의 말에 아이들의 표정이 서서히 달라지기 시작했다.

"난 이번이 강한 상대를 꺾을 수 있는 절호의 기회가 아닌가 싶

다. 영산고가 우승 후보라면 언젠가 한 번은 만나야 하는데 일찌감
치 붙어 보는 것도 나쁘지 않지."

장훈이의 말에 모두가 고개를 끄덕였다.

"캬아, 이런 걸 발상의 전환이라고 하는 거다, 짜식들아."

은찬이가 장훈이의 어깨 위에 한 손을 올리며 큰 소리로 외쳤다.

"근데 근수 형이랑 영산고 10번이랑 아는 사이인가 보네?"

성빈이의 말에 모두가 상대 팀 벤치 쪽을 쳐다봤다. 근수 형이
상대 팀 스트라이커 10번 선수와 마주 보고 서 있었다. 멀리서 봐
도 분위기가 심상치 않다는 걸 알 수 있었다.

"아, 저 형…… 근수 형이랑 중학교 때 같은 팀이었대."

"그러니깐 그렇고 그런 사이?"

강준이가 말없이 고개를 끄덕였다.

라이벌이라…… 왠지 모르게 떨떠름한 표정으로 돌아서는 영
산고 스트라이커의 얼굴 위로 태수의 얼굴이 겹쳐 보였다. 어제 태
수가 보낸 문자 때문이었다.

피곤한 몸을 이끌고 집으로 가는 길에 카톡 알림음이 울렸다.
태수였다. 내내 연락이 없더니 웬일인가 싶어 후다닥 메시지를 확
인했다.

- 너 축구 다시 시작했다며?
- 양심은 어디다 팔아먹었냐?

- 미친 ㅎㅎ

- 잘해 봐. 내가 열렬히 응원해 줄게 ㅋㅋㅋ

나는 답을 보내지 않았다. 다시는 그때로 돌아가지 않기 위해 이를 악물었다.

- 오~ 읽씹???

- 뭘 믿고 까부는지 모르겠지만 후회나 하지 마라.

휴대폰 전원을 껐다. 버스를 타려다 말고 집을 향해 뛰기 시작했다. 이미 땀으로 흠뻑 젖었다 식은 유니폼에서 짠내가 났다. 그래도 내겐 가장 소중한 유니폼이었다. 등 번호 7번. 천강호라는 이름이 새겨진 검은색 유니폼을 입는 순간, 다시 태어났다고 생각했다.

아니었나.

나는 고개를 세차게 흔들었다.

그건 그냥 착각이었을까? 애써 모른 척한다고 뭐가 바뀌지? 생각해 보면 모든 게 그대로였다. 나 혼자 다짐하고 결심한다고 해서 달라진 건 아무것도 없었다.

아니다. 바뀔 것이다. 내가 그렇게 만들 거니까. 물러서지 않을 거야. 태수 네가 원하는 대로 살지는 않을 거야.

나는 주먹을 꽉 쥐었다.

"이기는 법은 간단하다. 무슨 일이 있어도 막는다. 그리고 골을 넣는다. 전원 수비, 전원 공격. 이상 끝!"

경기장에 들어서기 전 고영표가 말했다. 전원 수비, 전원 공격. 그 말은 우리가 상대보다 두 배 이상은 경기장을 뛰어다녀야 한다는 뜻이었다.

"야, 위험하지 않냐? 수비는 그렇다 쳐도 전원 공격이라니."

"상대 피지컬이 너무 압도적이라 어쩔 수 없어. 공격이 최선의 방어라는 말도 있잖아. 그걸 노리는 거겠지."

근수 형의 말에 민규 형이 고개를 끄덕였다.

드디어 양 팀 선수들이 경기장으로 들어섰다. 주장과 주심이 공격 순서를 정하는 사이 선수들은 정해진 포지션을 찾아 움직였다. 포워드인 근수 형과 나란히 선 나는 축구화 끈을 단단히 조인 뒤 심호흡을 했다. 대한고 유니폼을 입고 뛰는 첫 번째 정식 경기였다. 성빈이가 내 어깨를 두어 번 두드리며 자기 위치로 갔다. 나만큼이나 성빈이에게도 기다려 왔던 순간일 것이다. 순간 더운 바람이 불어와 맨살에 달라붙은 셔츠를 부풀게 했다. 상대 팀 관중석에 꽂혀 있던 깃발들도 일제히 한 방향으로 움직이기 시작했다.

좋아. 이제 시작이야.

드디어 휘슬이 울렸다.

끝은 시작이다

며칠째 비가 내렸다. 이른 장마라고 했다. 무겁고 우중충한 하늘 아래 무성한 나뭇잎들만 녹음이 짙어졌다. 온 종일 졸다 깨다를 반복하던 나는 무심코 창밖으로 시선을 돌렸다. 어느새 가늘어진 빗줄기에 막혀 있던 시야가 뚫리는 듯했다. 창문을 조금 열었다. 빗물에 팬 운동장이 을씨년스러워 보였다.

텅, 텅, 텅······.

순간 고개를 돌려 교실을 둘러봤다. 7교시 자율 학습 시간. 아이들 절반이 엎드려 잠을 자고 있었다. 나머지 아이들도 음악을 듣거나 책을 읽거나 밀린 문제집을 푸는 등 각자의 시간을 보내고 있었다. 교실 안은 쥐 죽은 듯 조용했다. 나는 다시 소리가 나는 쪽을 찾아 시선을 바깥으로 돌렸다.

텅, 텅, 텅······.

빗속에 누군가 서 있었다. 혹시나 하고 시선을 다시 안으로 향했다. 그제야 성빈이 자리가 비어 있다는 것을 깨달았다.

"13 대 0이라니, 실화냐?"

복도에서 마주친 아이들이 우리를 향해 소곤거리는 소리였다.

소문은 빨랐다. 우리는 전교생의 조롱거리가 되어 있었다. 어딜 가나 아이들의 비웃는 소리가 들리는 듯했다.

"나 같으면 벌써 때려치웠겠다. 어차피 가망도 없는 거……."

"그래도 이번엔 뭔가 보여 줄 줄 알았는데 역시나 아니었어."

"어후, 쪽팔린다, 진짜. 동네북도 아니고."

"그래도 운동하던 애들이 맘 잡고 공부하면 잘한다더라."

"미친. 공부는 뭐 쉽냐? 걔네들은 기본이 없어서 공부도 안 돼."

아이들의 목소리가 점점 커졌다. 복도 창가에 기대 서 있던 성빈이가 주먹을 꽉 쥐는 게 보였다. 성빈이의 어깨를 가만히 두드려 주었다.

"어휴, 지들이 언제부터 우리한테 관심이 있었다고……."

아이들이 교실로 돌아가고 난 뒤 성빈이가 분통을 터뜨리며 말했다. 나 역시 졸지에 전교생의 조롱거리가 된 게 기분 나빴지만 어쩔 수 없다고 생각했다. 시합은 이미 끝났으니까.

"에이씨, 다시 붙으면 이길 수 있을 것 같은데. 그날 우리가 너무 쫄아 가지고……."

성빈이는 이렇게 말했지만 내 생각은 달랐다. 다시 영산고랑 붙는다 해도 결과는 달라지지 않을 것이다. 영산고는 우리가 뛰어넘기에는 너무 높은 벽이었다. 압도적인 피지컬은 문제가 아니었다. 오히려 개개인이 갖고 있는 기량은 우리 팀 선수들이 더 나을 정도였다. 하지만 영산고는 한 덩어리처럼 움직였다. 각자 날고 있지만 멀리서 보면 항상 일정한 형태를 유지하는 철새들처럼 약속된 규칙 안에서 자유롭게 움직였다. 그건 완벽하게 서로를 믿지 않으면 불가능한 움직임이었다. 그 신뢰를 바탕으로 영산고는 우리를 쉽게 무너뜨렸다. 5분에 한 번꼴로 골이 터졌다. 쉴 새 없이 몰아붙이는 영산고의 공세를 막아 내느라 제대로 된 공격 한번 해 보지 못했다. 호기롭게 경기장으로 들어섰던 아이들의 얼굴에서 서서히 표정이 사라지기 시작했다.

제발. 제발 한 골만 넣자.

나는 이를 악물고 뛰어다녔다. 어떻게든 기회를 만들어 영산고 골대를 향해 쉼 없이 슈팅을 날렸다. 하지만 내 슈팅은 영산고 수비수들에게 번번이 막히고 말았다. 한 명의 수비수를 제치면 어느새 두 명의 수비수가 달려와 내 앞을 가로막았다. 빈틈없이 유기적인 연계 플레이였다.

7 대 0. 전반전이 끝난 뒤 전광판에 새겨진 숫자였다. 벤치에는 무거운 침묵만이 흘렀다. 무슨 생각을 하는지 알 수 없는 고영표는 아이들을 챙기느라 분주한 코치님 옆에서 팔짱을 낀 채 아무 말이 없었다. 나는 이미 체념한 듯한 아이들의 표정을 보며 분을 삭였다.

후반전 역시 전반전과 비슷한 상황이 벌어졌다. 연이은 실점에 팀 분위기도 최악이었다. 아이들은 넋이 나간 듯한 표정으로 기계처럼 뛰어다닐 뿐이었다. 우리 팀 아이들 모두 이 잔인한 시합이 빨리 끝나기만을 바라는 듯했다. 그럴수록 나는 이를 악물었지만 나 혼자 할 수 있는 건 아무것도 없었다.

결국 모두가 예상한 대로 시합은 끝났고 우리는 졌다. 최종 스코어 13 대 0.

기록적인 패배이자 수치스러운 패배였다.

우리는 결국 영산고의 보이지 않는 방어망을 뚫는 데 실패했고 벽을 넘어서기는커녕 벽 앞에 가 보지도 못했다. 시합이 끝난 뒤 환호하는 영산고 선수들을 뒤로한 채 아이들은 고개를 숙인 채 경기장을 빠져나왔다. 그 모습을 보자 눈물이 왈칵 쏟아졌다.

"이게 바로 실력 차이다."

시합이 끝난 뒤 고영표가 한 말이었다. 그땐 야속하게만 들렸는데 이제 와 생각해 보니 그 말이 맞다는 생각이 들었다.

변방의 축구 팀이 강호를 제압하고 우승컵을 들어 올리는 이야기는 영화에서나 가능한 이야기라는 걸 나는 깨달았다. 현실은 어디까지나 현실이니까. 그리고 현실의 장벽은 잔인하리만치 높았다.

그날 이후 축구부에 묘한 기운이 감돌았다. 생각지도 못한 패배, 그것도 13 대 0이라는 참혹한 패배를 겪고 나니 다들 생각이 많아진 듯했다. 현실을 자각하기 시작한 것이다. 13 대 0은 우리가 미래를 걸기에 너무 많은 의미를 담고 있는 숫자였다. 은찬이는 이제라도 축구를 접고 공부에 전념하라는 부모님과의 갈등으로 하루하루 낯빛이 어두워졌다. 은찬이 말고도 몇몇 아이들은 벌써부터 자신의 재능과 미래를 한꺼번에 의심하기 시작했다.

"자, 이제 결정해라."

며칠 뒤, 체육관에 모인 우리를 향해 고영표가 말했다.

"지금이라도 축구를 관두고 싶은 사람은 얼마든지 축구부에서 나가도 좋다."

아이들이 놀란 눈으로 고영표를 봤다. 고영표는 특유의 무표정한 얼굴로 정면을 바라봤다.

"그게 무슨 말씀……."

주장 근수 형의 말이 끝나기도 전에 고영표가 다시 입을 열었다.

"너희들의 고민을 내가 덜어 주려는 것이다. 지난 경기 이후로 다들 생각이 많았을 것으로 안다. 현실의 벽이 얼마나 높은지 깨달았을 테니까."

속마음을 들킨 아이들이 하나둘 고개를 숙이기 시작했다.

"때로는 포기하는 데에도 용기가 필요한 법이지."

아이들은 숨소리 하나 내지 않고 고영표의 말을 되새겼다.

"마찬가지로 포기하지 않는 마음에도 용기가 필요하다. 그건 그냥 선택의 문제일 뿐이지. 포기할 용기와 포기하지 않을 용기, 너희들이 어떤 선택을 하든 난 그 선택을 존중할 것이다."

어느새 굵어진 빗줄기가 체육관의 양철 지붕을 요란하게 때렸다. 빗소리 때문인지 체육관 안의 공기가 무겁게 가라앉았다.

"당장 결정을 내리기 힘들다면 시간을 주겠다. 그만둘 사람은 내일부터 훈련에 나오지 않으면 된다. 단, 한 사람이 남더라도 훈련은 똑같이 진행된다. 이상!"

그 말을 끝으로 고영표는 체육관을 나갔다. 고영표가 나갔는데도 아이들은 그 자리에서 꼼짝도 하지 않았다. 다들 뭔가에 충격을 받은 듯 멍하니 선 채 요란한 빗소리만 들을 뿐이었다.

"텅, 텅, 텅……!"

생각에 잠겨 있던 나는 그 소리에 또다시 고개를 창밖으로 향했다. 어느새 가늘어진 빗줄기 사이로 혼자서 골대를 향해 슈팅 연습을 하는 성빈이의 모습이 보였다. 미친놈……. 비에 흠뻑 젖은 채 쉼 없이 공을 차는 성빈이를 보자 피식 웃음이 났다. 성빈이가 선택한 게 뭔지 알 것 같았기 때문이다. 수업이 끝나는 종이 울리자마자 나는 자리에서 일어났다. 성빈이와 마찬가지로 처음부터 내 선택은 하나였다. 나에게는 포기할 용기가 없었던 것이다.

나는 긴장된 마음으로 체육관으로 달려갔다. 훈련 시간 15분 전이었다. 아무도 없으면 어쩌지. 정말로 모두가 축구를 그만둬 버리면……. 급한 마음에 달려오긴 했는데, 어쩐지 문을 열기가 망설여졌다.

"안 들어가고 뭐 하냐?"

순간 놀라서 뒤를 돌아다봤다. 은찬이와 강준이가 스포츠 백을 어깨에 멘 채 나란히 서 있었다. 아이씨. 놀란 마음에 불쑥 욕이 튀어나왔다. 헤벌쭉 웃으며 다가오는 두 사람이 그렇게 반가울 수가 없었다. 그랬던 두 사람도 막상 문 앞에 서자 나처럼 망설여지는 모양이었다.

"네가 열어 봐."

"뭐래, 네가 열어, 임마."

"에이씨, 아무도 없으면 어쩌냐, 진짜."

"야, 일단 열어 봐."

결국 문을 연 것은 나였다. 그 순간 눈앞에 펼쳐진 광경에 입이 벌어졌다.

"누구 있냐? 있어?"

"……."

내가 아무 말 하지 않자 궁금증을 참지 못한 강준이가 내 어깨를 밀치고 안을 들여다봤다. 그리고 나처럼 강준이도 할 말을 잃은 채 멍하니 서 있기만 했다.

"야, 왜들 그래?"

강준이를 제치고 이번에는 은찬이가 안으로 들어섰다. 아무도 우리를 신경 쓰지 않았다. 모두가 공 하나씩을 들고 개인 훈련에 열중하고 있었다. 실내는 벌써 축축한 땀 냄새와 열기로 가득했다.

"하, 이러면 곤란한데……. 이럴 때 한 명씩 나가 주고 그래야 경쟁자가 좀 줄어드는데 말이야."

"그러게…… 넌 왜 여기 있냐? 당장이라도 때려칠 것처럼 말하더니."

그 말에 은찬이가 피식 웃으며 강준이의 가슴팍을 향해 공을 던졌다. 그리고 마지막으로 성빈이가 왔다. 온몸이 비에 흠뻑 젖은 성빈이는 손등으로 눈가를 훔친 뒤 다시 한번 우리를 봤다.

"임마, 뭐 해! 왔으면 훈련 시작해!"

근수 형의 호통에 정신을 차린 성빈이가 그제야 후닥닥 뛰어 들어와 한쪽 구석에서 옷을 갈아입었다. 은찬이와 강준이, 그리고 근수 형과 성빈이……. 나는 체육관을 꽉 채운 아이들의 얼굴을 바라보며 조용히 가슴을 쓸어내렸다.

그러니까 우리 모두, 포기할 용기 따위는 애초에 없었던 것이다.

빌드업

"기회다!"

전반전이 거의 끝나 갈 무렵, 세트피스 상황에서 골대를 맞고 튕겨져 나온 공이 근수 형 앞에 떨어졌다. 근수 형이 공을 몰고 앞으로 내달렸다. 금세 상대 수비수 두 명이 형을 에워싸는 게 보였다. 오른쪽 사이드 라인을 따라 달리기 시작했다. 중앙과 왼쪽 사이드에서 민규 형과 선우 형이 따라 올라오고 있었다.

"여기!"

근수 형이 띄워 준 공이 내 앞에 떨어졌다. 나보다는 왼쪽 사이드에 있는 민규 형의 위치가 좋았다.

"패스! 패스!"

민규 형이 다급하게 외쳤다. 금세 상대 수비가 내 앞을 에워쌌다. 나는 민규 형을 힐끔 본 뒤 바로 슈팅을 날렸다.

"앗!"

경기장 곳곳에서 안타까운 탄식 소리가 들려왔다. 내가 찬 공이 상대 수비에 막힌 뒤 천재고 10번의 발에 걸렸다. 아쉬워할 틈도 없이 우리 팀 골문을 향해 죽어라 뛰었다. 태형이와 성빈이가 10번 선수의 어깨에 밀려 나뒹구는 게 보였다. 근수 형과 민규 형, 선우 형이 뒤늦게 따라갔지만 이미 10번 선수의 공이 우리 팀 골망으로 정확히 빨려 들어간 뒤였다.

호루라기 소리가 울렸다.

전반전이 끝났다. 결과는 1 대 0.

"알다시피 천재고는 작년 전국 대회 4강에 진출한 팀이다. 저런 강팀을 상대로 전반전에 한 골밖에 먹히지 않았다는 건 해 볼 만하다는 거다."

고영표의 말에 지쳐 있던 아이들의 표정이 상기되었다. 저마다 뜨거운 눈빛으로 서로를 마주 보며 말없이 고개를 끄덕였다. 성빈이도 나를 보고 고개를 끄덕였다. 승리에 대한 열정이 우리를 원팀으로 만들어 주고 있었다. 강호 영산고에는 참패했지만 나머지 두 번의 경기에서는 실점을 하지 않았기 때문에 아직 한 번의 기회가 남아 있었다. 오늘 천재고를 이겨야만 나머지 경기 결과에 따라 본선 진출도 꿈꿔 볼 수 있는 탓에 모두가 죽기 아니면 살기로 뛰고 있었다. 코치님은 단 세 번의 시합을 통해 우리 팀의 장단점을 빠르게 파악한 뒤 전술에 응용하기 시작했다. 코치님 말대로 우리는 조금씩 강해지고 있었다.

"선배…… 아니, 감독님, 기술로 조직력을 무너뜨린 뒤 단번에 득점 찬스를 만들어 내면 이길 수도 있을 것 같은데요?"

코치님 분석대로 천재고 역시 철저히 조직적인 팀이었다. 개인의 기술력은 우리가 더 낫다는 뜻이기도 했다. 하지만 고영표는 의미심장한 미소를 지으며 말했다.

"그건 불가능하다. 누구처럼 축구는 혼자 하는 게 아니니까."

그 말에 고개를 숙이고 말았다. 전반전에서의 내 선택을 두고 하는 말이라는 걸 알 수 있었기 때문이다. 그때 내가 골 욕심을 부리지 않고 민규 형에게 패스를 했더라면 경기의 흐름이 뒤바뀔 수도 있었을 테니까. 그런 내 마음을 눈치챈 듯 성빈이가 내 어깨를 두드렸다.

짧은 휴식 뒤, 다시 후반전이 시작되었다.

예상대로 상대는 초반부터 공격적으로 나왔다. 미들부터 공격까지 몇 번이나 슈팅을 날렸지만 우리 팀 수비에 막혀 번번이 득점에는 실패했다. 쉽게 골이 터지지 않자 상대 팀도 서서히 당황하는 눈치였다.

경기가 진행될수록 마음이 급해지는 건 천재고였다. 상대가 연달아 패스 실수를 하면서 우리 쪽으로 공이 넘어오는 횟수가 늘었다. 그리고 후반 35분, 드디어 두 번째 기회가 왔다.

성빈이가 공을 몰고 상대 팀 진영으로 빠르게 올라갔다. 민규 형이 스피드를 올리며 눈 깜짝할 새 골문 앞으로 파고들었다. 성빈이가 공을 띄우자 수비수 세 명이 민규 형을 에워쌌다. 그 순간, 민규 형이 사이드로 빠진 선우 형을 보고 빠르게 공을 넘겼고 선우 형이 곧바로 쏘아 올린 공이 천재고의 골망을 흔들었다. 대한고의 첫 골이었다. 믿기 힘든 상황이었다. 가슴이 터질 것 같았다.

"우아!"

"으악!"

비명인지 환호성인지 모를 함성들이 터져 나왔다. 우리 팀 모두가 민규 형과 선우 형을 둘러싸고 첫 골의 기쁨을 누렸다.

"아직 안 끝났다! 다들 집중해!"

코치님의 고함 소리에 다시 각자의 위치로 돌아갔지만 쉽게 흥분이 가시지 않았다.

침착해야 해. 이길 수 있어.

나는 주먹을 불끈 쥐며 속으로 외쳤다.

후반전 내내 쏘아 올린 공이 번번이 수비에 막히자 상대 팀 공격수들이 서서히 지쳐 가는 게 눈에 띄었다. 특히 몸을 사리지 않는 태형이의 수비 덕분에 결정적인 슛을 여러 번 막을 수 있었다. 태형이는 상대 공격수의 움직임을 읽고 미리 퇴로를 차단했다. 패스의 이동 경로를 정확히 파악한 뒤 악착같이 달려가 그 연결 고리를 끊어 내는 것도 태형이의 몫이었다. 지난 세 번의 시합 때는 보지 못했던 투지와 근성이었다. 거기에 키가 큰 근수 형이 높이 솟은 공을 처리해 준 덕분에 세트피스 상황도 무사히 넘길 수 있었다. 하지만 경기 내내 수비만 하느라 우리 팀도 체력이 급격히 떨어지고 있었다. 체력이 떨어지자 집중력도 흐트러지는 듯했다.

정신 차려, 천강호! 집중하라고!

나는 이를 악물고 악착같이 달려들었다. 그리고 또 한 번의 기

회가 눈앞에 떨어졌다. 상대 9번 선수 앞에 떨어진 공을 순식간에
낚아챈 뒤 앞으로 달렸다. 체력이 떨어졌다고는 해도 힘과 스피드
가 우리를 압도하는 팀이었다. 금세 세 명의 수비수가 나를 에워쌌
다. 시야가 막혔다. 사이드를 봤지만 줄 데가 없었다. 수비하느라 라
인을 내렸기 때문에 누군가 올라오기까지 시간을 벌어야 했다. 팬
텀 드리블로 수비수를 따돌리자마자 5번 센터백이 재빨리 내 앞을
가로막았다. 플리 플랩을 이용해 상대를 간단히 제친 뒤 계속 내달
렸다.

근수 형이 중앙 뒷공간을 파고드는 게 보였다. 그쪽으로 공을
넘기려는 찰나, 잽싸게 뒤따라온 5번 선수가 발을 걸었다. 넘어지
는 동시에 팔을 번쩍 들었다. 상대 팀의 파울로 얻어 낸 프리킥 찬
스였다. 공을 앞에 두고 근수 형이 심호흡을 했다.

"삐이이익!"

호루라기 소리가 울렸다. 정신을 차리고 보니 우리 팀 선수 모두
가 경기장 위에 엎드린 근수 형을 향해 달려가고 있었다. 천재고 선
수들은 이 상황이 믿어지지 않는다는 듯 허탈한 표정으로 경기장
에 주저앉았다.

이기고 싶었다.

그리고 이겼다.

그것도 전국 대회 4강 진출 팀인 천재고를 상대로.

태형이 말대로 이게 축구였다.

그리고 승패를 알 수 없다는 것.

끝날 때까지 포기하지 않으면 언젠가 기회는 온다는 것.

경기장에서는 영원히 강한 팀도 영원히 약한 팀도 없다는 것.

이것이 내가 축구를 좋아하는 이유였다.

제보

남은 예선전은 순조로웠다. 또 하나의 강호 천재고를 꺾는 팀이 본선에 진출한다는 말이 허튼소리가 아니었다. 승점은 천재고와 같았지만 골 득실에서 차이가 나 결과적으로 우리가 본선행 티켓을 거머쥐었다. 그게 기쁘기도 했지만 속으로는 나 자신이 잔뜩 실망스러웠다. 특히 마지막 예선전에서의 패배는 뼈아픈 기억이었다. 근수 형과 민규 형이 어렵게 얻어 낸 결정적 찬스를 내가 날려 버린 탓이었다. 그래도 본선 진출이라는 결과만큼은 믿을 수 없을 만큼 기뻤다.

뜻밖의 본선 진출 소식에 전교생이 우리를 보는 눈길이 달라지기 시작했다. 쉬는 시간 복도를 걷다 보면 먼저 다가와서 말을 걸거나 본선 진출을 축하한다며 음료수를 사 주는 선배들도 있었다. 여학생들도 나중에 꼭 응원 오겠다면서 수줍게 말을 걸어왔다. 그런 변화가 쑥스러우면서도 내심 뿌듯했다.

적극적으로 지원한다고 해 놓고도 막상 시큰둥했던 학교 측에서도 이제는 기대를 거는 눈치였다. 학교 정문에는 본선 진출을 축하하는 플래카드가 떡하니 걸려 있었다. 본선 진출 뒤 16강에서는 우리 팀 관중석에도 드문드문 응원단이 앉아 있었다. 강준이의 여동생과 할머니, 은찬이네 부모님과 누나들, 대수 형의 사촌 동생들까지……. 야, 뭘 이렇게까지. 가족을 총동원한 것을 보고 성빈이가 핀잔을 주자 강준이는 멋쩍은 웃음을 지었다. 오히려 아는 사람이 경기장에 온다고 하면 한사코 말렸던 아이들이었다. 야, 그땐 맨날 지니까 쪽팔려서 그랬지……. 강준이가 멋쩍게 웃으며 한 말에 아이들도 고개를 끄덕였다.

"얘들아, 니네 그 영상 봤어?"

오후 수업이 끝나자마자 황급히 우리 반으로 달려온 태형이가 다짜고짜 물어왔다. 은찬이와 강준이도 태형이의 뒤를 따라 교실로 들어왔다.

"우리 팀 시합 영상?"

성빈이의 말에 태형이가 고개를 흔들었다.

"아니……."

태형이가 갑자기 말문을 흐리며 내 눈치를 살폈다.

"뭔데 그래?"

느낌이 싸했다. 뭔가 예리한 것이 가슴을 슥 긁고 지나가는 것 같았다. 뭐지, 이 기분 나쁜 느낌은?

아니야.

괜히 이상한 상상은 하지 말자.

"아, 뭐냐고?"

성빈이가 재촉했지만 쉽사리 말을 하지 못하는 태형이였다. 은찬이와 강준이도 내 눈치를 살피는 것 같았다.

"아니…… 아이씨, 이걸 어떻게 말해야 되냐, 진짜."

"야, 그냥 말해. 어차피 알게 될 텐데, 뭘."

강준이의 말에 태형이가 숨을 한 번 들이마셨다.

"우리 8강은 동천고랑 붙는 거 알지?"

"그거야 잘 알지. 근데 그건 왜?"

"동천고 축구부 학부모회 장난 아닌 것도 알지?"

"아, 좀! 뜸 들이지 말고 빨랑 말해."

머릿속이 하얘졌다.

불길했다.

어젯밤, 태수가 보낸 문자 때문이었다.

- 대박! 본선 진출 실화임?

- 잘나가네, 천강호ㅎㅎ

- 이 무슨 악연이냐ㅜㅜ 우리 팀도 올라가는데.

- 두고 보자고.

그게 다였다. 그날 문자 이후 한동안 연락이 없어 완전히 마음을 놓고 있던 중이었다. 시즌이 시즌이니만큼 이번에도 그 정도로 자신의 존재감을 알려 오는 게 다일 거라고 생각했다. 태수에게도 중요한 시합일 테니까.

159

"그게…… 거기 학부모들 밴드랑 단톡방에 영상 하나가 올라왔는데…… 그걸 보고 다들 난리래. 이런 선수가 있는 팀이랑 어떻게 시합하냐면서. 시합…… 거부하자는 말까지 나왔나 봐."

"그러니까 신안중 C군이 강호…… 너 맞지?"

"강호 넌 여태 그 영상 돌아다니는 거 몰랐어?"

"야, 졸라 잔인하다. 씨발."

강준이의 말에 성빈이가 들고 있던 볼펜을 내던지며 말했다.

"뭐, 지난 일이니까 크게 문제될 건 없겠지만 그래도……."

"그만해라, 진짜."

"아냐, 됐어. 얘네도 걱정되어서 그런 거잖아."

내 말에 성빈이가 한숨을 내쉬었다. 시간이 흘렀다고는 해도 상대 팀 학부모들이 충분히 걱정할 만한 영상이었다. 나는 가방을 챙겨 자리에서 일어났다.

"나 먼저 갈게. 오늘 훈련은 빠져야겠다."

집으로 가는 길, 한동안 정류장 벤치에 앉아 있었다. 이런 상황을 혼자 예측해 본 적이 있었다. 사실 이미 오래전 일이라 크게 문제될 게 없을 거라고 판단했다. 방심했다.

외면했다.

잊고 싶었기 때문이다.

너만 없으면 돼.

누군가 그렇게 말하는 소리가 들리는 것 같았다. 주위를 둘러봤지만 아까부터 혼자 버스를 기다리던 할머니 한 분을 제외하곤 아무도 없었다.

간단하잖아.

감독님에게 전화해서 그냥 안 하겠다고 하면 돼.

고개를 흔들었다.

너 때문에 축구부 전체가 불리해질 수도 있어.

근수 형을 생각해 봐. 진학이 걸려 있잖아. 다른 애들은 어떻고. 다들 어떻게 여기까지 왔는데.

너 하나 때문에 망칠 순 없어.

그러니까,

너만 빠지면 돼.

간단한 거야.

그래. 포기하는 건 쉽다. 감독님에게 전화하고 또다시 지난겨울처럼 방 안에 틀어박히면 그만이니까. 하지만 이번엔 그러고 싶지 않았다. 유니폼을 입고 경기장에 들어설 때의 그 벅찬 느낌을 잃고 싶지 않았다. 천강호라는 이름도 다시는 잃어버리고 싶지 않았다. 내가 서 있는 이 자리에서 조금만 더 앞으로 나가 보고 싶었다. 고민 끝에 성빈이에게 문자를 보냈다.

  - 이따 8시쯤 나한테 전화 좀 해 줄래?

만약 내가 전화를 안 받으면 경찰에 신고해 줘.

집 근처 놀이터에 앉아 답장을 기다렸다. 답장은 오지 않고 전화가 걸려 왔다. 망설이다 통화 버튼을 눌렀다.

"너 혹시 태수 만나러 가려고?"

다짜고짜 질문을 퍼붓는 성빈이 목소리에 귀가 쨍쨍 울렸다.

"갈 거면 나랑 같이 가. 내가 가서 그 개새끼를 그냥……."

평소에는 점잖게 행동하다가도 태수 이름만 나오면 서슴없이 욕설을 내뱉는 성빈이가 나는 고마웠다.

"아니, 나 혼자 갈게. 너까지 엮이게 하고 싶지 않아."

"야, 미쳤냐? 그 새끼 일진 놀이 한다며? 너 거기서 기다려. 아니, 일단 어디야?"

"야, 졸라 시끄럽다. 흥분하지 말고 내 말 들어."

"야, 이 미친 새끼야. 너나 내 말 좀 들어라, 제발."

"태수랑 단둘이 만날 거야. 이미 약속했어. 아무도 데리고 오지 않기로."

"하, 이런 순진한 새끼. 넌 그 말을 믿냐?"

"믿어 보려고. 마지막으로 한 번."

"너한테 무슨 일 있으면 태수 그 자식 가만 안 둘 거야."

길길이 날뛰는 성빈이의 말에 피식 웃음이 났다. 찔끔 눈물도 났다.

"그래, 가만두면 안 되지. 그런 녀석은 혼 좀 나 봐야 해. 그래서 내가 가려고."

성빈이와 통화를 마친 뒤 아무도 없는 빈 놀이터에 계속 앉아 있었다.

약속한 시간은 5시. 아직 30분이나 남아 있었다.

날이 더웠다. 놀이터 뒤쪽 공동 화장실로 향했다. 거기서 입고 있던 유니폼을 벗고 가방에 있던 트레이닝복으로 갈아입었다. 찬물로 세수를 한 뒤 거울에 비친 내 얼굴을 봤다. 지난번 짧게 깎은 머리카락이 웃자라 있었다. 까맣게 그을린 얼굴과 잔뜩 겁먹은 얼굴…… 아니다. 겁먹지 않았다. 그저 이 모든 상황이 번거로울 뿐이었다. 그렇게 생각하기로 했다.

화장실을 나와 천천히 걸었다. 약속 장소는 신안중학교 뒤쪽에 있는 공터였다. 학교 뒷길과 이어진 야트막한 동산을 넘으면 나오는 곳이었다. 인적이 드물고 외진 곳이라 지나다니는 사람이 많지 않았다. 주머니 속에 든 이어폰을 꺼내 귀에 꽂았다. 평소 즐겨 듣던 피제이의 랩이 흘러나왔다. 흥겨운 리듬과 슬픈 노랫말이 묘하게 어우러진 노래였다. 박자에 맞춰 머리를 흔들었다. 같은 노래를 두 번 더 듣고 나니 어느새 공터가 보이기 시작했다. 낡은 운동기구들이 설치되어 있는 한적한 공터 한가운데로 걸어 들어갔다. 둘러보니 공터 가장자리에 나무 벤치가 놓여 있었다. 벤치 끄트머리에 가서 앉았다. 커다란 나무 그늘이 더위를 조금 식혀 주는 듯했다.

얼마 지나지 않아 맞은편에서 태수가 걸어오고 있었다. 눈을 게슴츠레 뜨고 태수 뒤쪽을 살폈다. 다른 애들은 보이지 않았다. 터벅터벅 걸어오던 태수가 나와는 멀찌감치 떨어진 벤치 오른쪽 끄트머리에 앉았다. 그러곤 발끝으로 땅바닥을 툭툭 후벼 팠다. 한동안 침묵이 이어졌다. 먼저 입을 열지 않는 게 유리할 것 같았다.

"졸라 신기하네."

태수가 말했다.

"먼저 만나자고 연락도 하고. 그새 뭔 일 있었냐?"

고개를 옆으로 돌려 태수를 봤다. 태수도 나를 봤다.

"일단 고맙다."

내가 말했다.

"약속 지켜 줘서."

실은 조금 놀랐다. 태수 성격상 틀림없이 애들을 데리고 나올 거라고 예상했다. 아까 한 약속은 나를 안심시키기 위한 거라고 생각했다. 하지만 내 예상이 틀렸다.

"씨발, 뭔데 분위기 잡고 그래? 할 말 있다며?"

바지 주머니에 두 손을 집어넣고 있던 태수가 눈을 치켜떴다. 태수로부터 시선을 돌렸다. 맞은편 나무들이 바람에 흔들리고 있었다.

저 나무처럼 되고 싶다.

순간 그런 생각이 들었다. 더위에 지친 사람들을 쉬게 해 주고 바람이 불면 이리저리 흔들리는 그런 커다란 나무. 아니지. 이 상황에 웬 나무 타령. 정신 차려라, 천강호.

"그때 그 50대, 오늘 한꺼번에 때리면 안 될까? 영상 같은 거 올리지 말고."

"……."

"오늘 한꺼번에 맞고 다 없었던 일로 하자."

"미친 새끼……."

태수가 낄낄거리며 웃었다.

그래, 웃음이 나겠지. 너한테 벌벌 기던 천강호 간땡이가 부었다고 생각하겠지. 나는 태수의 웃음소리가 그치길 기다렸다.

"너, 임마. 내가 호구로 보이지, 어? 민아 그 계집애가 뭣도 모르고 한 소리 듣고 지금 개기는 거지? 하, 씨발, 맘 좀 잡아 볼랬더니…… 졸라 거슬리네."

태수가 허공을 향해 과장된 한숨을 내쉬었다.

"괜히 센 척하는 애들 앞세워서 뒤로 숨지 말고 우리끼리 해결하자고. 쿨하게."

내 말에 태수의 한쪽 눈썹이 치켜 올라갔다. 예상대로 자극이 된 모양이었다.

"안 때릴 거야?"

내가 태수를 보며 물었다. 태수도 나를 봤다. 피하지 않고 시선을 고정시켰다. 순간 태수의 얼굴빛이 묘하게 변했다. 예상치 못한 내 태도에 당황한 것 같았다. 먼저 시선을 피한 건 태수였다.

"네가 안 때리면 내가 널 때릴지도 몰라. 그러니까……."

나는 고개를 돌려 정면을 봤다.

"때리고 싶으면 지금 때리라고."

조용한 공터에 귀신 같은 웃음소리만 들렸다. 한참을 낄낄거리던 태수가 갑자기 웃음을 멈췄다. 그러곤 조용히 말했다.

"이유나 알자. 네가 이렇게 미쳐 날뛰는 이유."

"이유 같은 건 없어. 그냥 이제 끝낼 때가 된 것 같아서."

"오, 우리 사이 그냥 이렇게?"

"뭐, 그런 셈이지."

"미친 새끼. 내가 바보냐?"

"생각해 보니까 이제 더 이상 너한테 증명할 필요가 없겠더라고. 어차피 넌 내 말 믿지도 않을 거니까."

태수가 애매한 표정으로 나를 봤다. 웃는 것도 우는 것도 아닌 일그러진 표정으로.

"내가 말했나? 나 중학교 때부터 네가 졸라 싫었다고. 내가 아무리 열심히 뛰어다녀도 사람들은 결국 골 넣는 놈만 기억하니까. 내 실수는 두고두고 욕을 하면서 네 실수는 골이 터지는 순간 사람들 뇌 속에서 삭제가 되는 모양이더라고."

"……."

"감독님도 코치님도 골문 앞에만 가면 무조건 너한테 패스하라고 했지. 마치 우리 팀 모두가 널 위해 존재하는 것처럼 말이야. 그런데도 넌, 마치 너 혼자 잘나서 골을 넣은 것처럼 굴었고."

나는 조용히 고개를 흔들었다. 그게 전부는 아니었으니까. 솔직히 태수를 의식하지 않았다면 거짓말이었다. 태수는 팀 내 패스 성공률이 가장 높았다. 수비 두세 명은 거뜬히 돌파할 수 있는 기술도 가지고 있었다. 나는 태수가 만들어 준 결정적 찬스를 날릴까봐 늘 노심초사했다. 명문 스카우터들이 나 말고 태수를 지목한 이유도 알고 있었다. 팀을 위해 뛰는 선수. 그건 내가 아니라 바로 태수였다.

"코치님도 그렇고 감독님도 죄다 강호, 강호, 천강호밖에 몰랐지. 그리고 또 금강대기였나? 우리 춘계대회 때 말이야. 애들 모여서 몸 풀고 있는데 상대 팀 감독이 농담처럼 물어본 적이 있어."

나는 묵묵히 태수의 말을 들었다. 맞은편에선 여전히 나뭇잎이 흔들리고 있었다. 바람 소리가 귓가에 웅웅거렸다.

"너희 팀 에이스가 누구냐고. 그때 애들이 약속이나 한 듯 너를 가리키더라. 장난인 줄 알았는데, 아니더라고. 멍청한 놈들…… 알지도 못하면서. 그저 골 몇 개 넣었다고 에이스라지."

생각났다. 그 어색한 분위기가. 야, 우리 팀 에이스는 태수지. 누군가 눈치 없이 끼어들었지만 거기에 수긍하는 아이는 없었다. 에이, 솔직히 태수보단 강호가 낫지. 강호는 이번 시합에서 해트 트릭도 했는데. 아니지, 그 골 태수가 어시스트 해 준 거잖아. 우리 팀 공격은 다 태수 발에서 시작된다고. 야, 그래도 골 넣는 놈이 에이스지. 아무리 잘 찔러 줘도 해결 못 하면 말짱 꽝인데! 저희들끼리 갑론을박하느라 우리 존재를 잊은 것 같았다. 태수의 얼굴이 붉게 달아오르는 게 보였지만 못 본 척했다. 솔직히 기분이 좋았다. 어른들의 인정이 아닌 같은 팀 애들한테 인정받았다는 사실에 자부심마저 들었다. 태수의 기분 따위, 별로 알고 싶지 않았다.

"고작 그것 때문이었어?"

"뭐?"

"날 괴롭힌 이유. 고작 네 열등감 때문이었냐고. 난 또 무슨 대단한 이유가 있는 줄 알았는데."

"씨발…… 너는 그래서 안 돼. 끝까지 자기 혼자 잘났거든. 재수 없는 새끼!"

"나 네 하소연 들으려고 온 거 아니야. 그러니깐 빨리 끝내자."

"야, 천강호."

"……."

"넌 평생 죄책감에 시달리며 살아야 돼."

"그때 일은 미안하다고 이미 수없이 말했어. 실수였다고. 한때는 나도 나를 의심했어. 근데 아니더라고. 난 한 번도 너를 라이벌이라고 생각한 적 없거든."

태수가 벌떡 몸을 일으켰다. 분을 삭이는지 허공을 향해 거친 숨을 내뱉었다. 나는 가만히 앉아서 주먹이 날아오길 기다렸다.

"어후, 됐다…… 너한테는 주먹도 아까워."

한참을 생각에 잠겨 있던 태수가 그 말을 남긴 채 앞으로 몇 걸음 걸어갔다. 나는 얼른 일어나 태수 앞을 가로막고 섰다.

"시간 없어. 빨리 끝내자."

태수와 나 사이의 좁은 공간을 바람이 파고들었다. 순간 바닥에 있던 흙먼지가 허공에 떠올라 눈을 뜰 수가 없었다.

"꺼져."

간신히 눈을 뜨고 태수를 똑바로 쳐다봤다.

"싫어."

"저리 꺼지라고, 새끼야."

"때려."

"이런 미친 새끼가⋯⋯."

픽 하고 주먹이 날아왔다. 숨이 멎을 듯한 통증에 가슴을 부여 잡았다.

"미친 새끼. 쨉도 안 되면서."

태수가 바닥에 침을 퉤 뱉고 내 옆을 지나갔다. 얼른 달려가 또 다시 앞을 가로막았다. 또다시 픽 하고 주먹이 날아왔다. 이번엔 복 부였다. 그다음엔 왼쪽 가슴, 그다음엔 갈비뼈, 그다음엔⋯⋯ 모르 겠다.

지친 태수가 숨을 헐떡거렸다.

"아직 남았잖아. 더 때려."

나는 태수의 셔츠를 붙잡고 애원했다. 태수가 내 손을 뿌리치고 앞으로 달려 나갔다. 간신히 뛰어가서 태수의 허리를 붙잡았다. 태 수가 빠져나가려고 몸부림을 쳤지만 나도 지지 않고 버텼다. 나와 태수는 바닥에서 뒤엉킨 채 이리저리 굴렀다. 분에 받친 태수가 악 소리를 내며 버둥거렸다. 하지만 나는 손끝에 피가 나도록 태수의 허리를 끌어안았다.

끝장을 내야 해.

오직 그 생각뿐이었다.

어느새 날이 어두워져 있었다. 얕은 동산이라도 산은 산이라

빨리 어두워지고 금방 서늘해졌다. 땅바닥에서 올라오는 찬 기운에 정신이 번쩍 들었다. 고개를 옆으로 돌려보니 태수도 거친 숨을 내쉬며 하늘을 향해 누워 있었다. 웹툰은 내가 써야 하는 거 아닐까. 문득 이런 시답잖은 생각이 들었다. 이거 완전 영화잖아.

"아까 그건 뭔 소리냐?"

지친 태수가 갈라진 목소리로 물었다.

"영상 어쩌고 한 거…….''

"알면서 뭘 물어?"

"이 등신 새끼가 진짜…….''

"네가 했으면서."

"안 했어. 내가 그 정도로 한가한 줄 아냐? 나도 요새 맘 잡고 훈련하느라 죽을 판인데."

놀라서 고개를 옆으로 돌렸다. 먼지투성이 태수가 나를 봤다.

"아니라고, 나. 나한테 그 영상 없어. 우리 엄마 휴대폰 바꾸면서 지운 지가 언젠데."

"그럼……?"

"모르지, 새끼야. 괜히 시비야."

나는 상체를 벌떡 일으켜 세웠다. 바람 때문인지 머릿속이 웅웅거렸다.

"동천고라고 했냐?"

땅바닥에 누운 채 팔베개를 하고 있던 태수가 물었다.

"어."

"거기 기훈이 가 있지 않냐? 한기훈."

"한기훈이 누군데?"

"야, 멍청아. 우리 학교 2군 포워드였잖아. 벌써 잊었어? 너한테 밀려서 맨날 벤치 신세였는데. 걔네 엄마가 거기 축구부 학부모 회장인가 그럴걸, 아마."

그래, 그러고 보니 그땐 경쟁이 아니라 전쟁을 치른 것도 같았다. 팀에서 살아남거나 주전이 되기 위한 전쟁. 그렇게까지 할 필요는 없었는데.

"직접 물어봐. 아닐 수도 있으니깐."

헛웃음이 났다. 내가 오늘 무슨 짓을 한 건지 이해가 안 됐다.

"아무튼……."

한참 만에 태수가 벌떡 상체를 일으키며 말했다.

"이걸로 끝났다고 생각하지 마라."

"……."

"넌 절대 날 못 이길 테니까. 축구든 싸움이든."

"글쎄다. 난 너랑 생각이 다른데."

"등신 새끼……."

태수가 옷에 묻은 먼지를 툭툭 털어 낸 뒤 자리에서 일어섰다.

"나중에 경기장에서 울지나 마라. 무슨 일이 있어도 난 우리 팀을 승리로 이끌 거니까."

피식 웃으며 태수를 올려다봤다. 그리고 놀랐다. 못 본 사이 몸이 많이 달라진 것 같았다. 탄탄한 허벅지와 벌어진 어깨, 군살 없

이 쭉 뻗은 상체와 긴 다리. 언제 저렇게 몸을 단련했지? 빤히 쳐다
보는 내 시선에 태수가 의아하다는 듯 어깨를 으쓱거렸다.

"누가 울게 될지는 가 봐야 아는 거지."

내가 얼른 고개를 돌리며 말했다. 그 말에 태수가 피식 웃었다.

"좋아. 두고 보자고."

그 말을 한 뒤 태수는 앞을 향해 걷기 시작했다. 나는 바지 주
머니에 두 손을 찔러 넣은 채 어두워진 숲길을 향해 걸어 내려가는
태수의 뒷모습을 멍하니 쳐다봤다. 뒤따라 내려갈까 싶었지만 어
색할 것 같아서 잠시 그대로 앉아 있었다.

희미한 어둠 속에 혼자 앉아 있으려니 기분이 이상했다. 뭐랄
까, 후련할 줄 알았는데 오히려 허탈했다. 그런 내 마음을 알아차리
기라도 한 듯 휴대폰 벨 소리가 크게 울렸다. 화들짝 놀라 주머니
에서 휴대폰을 꺼냈다. 성빈이었다.

"임마, 너 괜찮아?"

통화 버튼을 누르자마자 튀어나오는 목소리에 씨익 웃음이 났
다. 아까는 혼자 너무 비장했나 싶어 머쓱한 기분이 들었다.

"야, 벌써 전화하면 어떡해? 아직 8시도 안 됐는데."

"……짜식, 살아 있네."

"그럼 죽은 줄 알았냐?"

내 말에 성빈이가 훌쩍거리는 소리가 들렸다.

"야, 너 우냐?"

"미친놈…… 콧물 나와서 그래. 감기란다."

"에휴, 어쩌다가. 여름 감기는 개도 안 걸린다는데."

"됐고. 너 말하는 거 보니까 걱정 안 해도 되겠다."

"걱정했냐?"

"아니, 지금부터 하려고 했는데 안 해도 되겠다고."

"아무튼 내일 만나서 얘기해. 나 지금 배고파 죽겠거든."

"알았다. 낼 보자."

전화를 끊고 자리에서 일어났다. 주위를 둘러보니 아까보다 훨씬 더 어두워진 것 같았다. 공터 깊은 곳 어딘가에서 부스럭거리는 소리가 들려오는 것 같기도 했다. 순간 나도 모르게 어깨를 움찔했다. 그래서 아까 태수가 걸어갔던 방향으로 냅다 뛰기 시작했다.

왼쪽 날개의 교훈

"야, 난 진짜 기훈이가 그럴 줄 몰랐다. 알 만한 놈이 어떻게 그러지?"

버스에서 미리 대기 중이던 은찬이가 분통을 터뜨리며 말했다. 알고 보니 은찬이와 기훈이는 초등학교 유소년 축구단에서 함께 공을 찼던 사이라고 했다.

"기훈이가 그랬겠냐…… 그냥 어른들이……."

"아니, 그러니까, 어른들이 왜 다 그 모양이냐고. 하여튼 우리나라는 그게 문제야. 한 번 잘못하면 아예 생매장을 하려고 든다니깐. 자비가 없어요, 자비가."

"그러니깐 말이 안 되지. 이미 다 지난 일을 가지고……."

"그래도 감독님이 그쪽에 정식으로 항의했으니까 됐지, 뭐. 사실 그거 다 작전 아니겠어? 시합 전에 우리 팀 분위기 한번 흔들어 놓겠다, 이거지."

"오늘 시합 쉽지 않을 거야. 어쩌면 너한테 욕하는 사람도 있을지 모르고. 그래도 괜히 쫄고 그러지 마라. 우리 팀 애들, 너 원망하는 사람 아무도 없으니까. 알지?"

"그래, 앞으로 똑같은 실수만 안 하면 되지. 그러니깐 이번 시합 때 제대로 보여 주라고. 네가 그런 사람이 아니라는걸."

내 편이 있다는 거, 이런 기분이구나. 괜히 코끝이 시려 고개를 숙였다.

"야, 근데 성빈이가 왜 안 오지? 이제 곧 출발할 텐데."

그제야 버스 안을 살폈다. 은찬이의 말대로 성빈이가 보이지 않았다. 무슨 일이지? 늘 우리보다 30분씩 일찍 오던 녀석인데.

"전화해 봐, 빨리."

은찬이의 말에 서둘러 휴대폰을 꺼내 전화를 걸었다. 신호가 길게 이어졌지만 성빈이는 전화를 받지 않았다.

"어, 왔다! 저기……."

밖을 보니 성빈이가 횡단보도를 건너 뛰어오는 게 보였다. 버스 밖에서 대기 중이던 코치님이 그런 성빈이를 향해 뭐라고 외치는 것 같았다.

"왜 이렇게 늦었어?"

내 앞쪽 빈자리에 털썩 앉는 성빈이의 뒤통수에 대고 물었다.

"그냥 좀…… 그런 게 있어. 나중에 얘기할게."

뛰어오느라 힘들었는지 성빈이가 등받이에 머리를 기댔다.

"자, 인원 점검!"

근수 형이 인원 점검을 마치자, 코치님과 고영표가 버스 앞좌석에 앉았다. 버스가 출발했다.

"이번엔 동천고다! 잡고 4강 가자!"

"대한고 파이팅!"

"파이팅!"

"대박!"

"뭐지?"

"설마 저게 다……?"

"와, 살다 보니 이런 날도 오는구나!"

버스에서 내린 아이들이 경기장 한쪽을 바라보며 저마다 한마디씩 내뱉었다. 나 역시 울긋불긋한 깃발이 휘날리는 관중석을 보고 입이 다물어지지 않았다. 승리를 기원하는 각종 플래카드와 선수 이름이 적힌 깃발들이 보였다. 재학생으로 구성된 응원단도 있는 듯했다. 우리 학교 응원단과 동천고 응원단이 서로의 학교 이름을 외치며 치열한 응원전을 펼치고 있는 것을 보니 새삼 가슴이 뛰기 시작했다.

"야, 우리가 축구 아니면 언제 저렇게 많은 사람들의 응원을 받아 보겠냐. 오늘 완전 우승 각이다!"

점잖은 민규 형도 흥분을 감추지 못하고 감격에 겨운 소리를 내질렀다.

"자자, 선수 등록 먼저 마치고 벤치에 가서 준비하고 있어라."

코치님의 말에 멈춰 서 있던 아이들이 하나둘 중앙 통로 계단을 향해 걷기 시작했다. 나도 얼른 뒤따라갔다. 경기장에 들어서니 응원 소리가 더 크게 들렸다.

긴장된 얼굴로 우리 팀 벤치에 가서 가방을 내려놓자마자 관중들의 야유 소리가 들려오기 시작했다. 순간 몸이 뻣뻣하게 굳는 것 같았다. 아까 강준이가 말한 게 이거였구나. 애써 아무렇지 않은 척 가방에서 축구화를 꺼내 들었다.

"우우우우! 살인 태클 금지하라!"

"우우우우! 선수의 안전을 보장하라!"

"동천, 동천, 파이팅!"

머리가 어지럽고 속이 울렁거렸다. 성빈이가 걱정스레 내 얼굴을 쳐다봤다. 태연한 척 미소를 지었다. 내가 흔들리는 걸 보이면 팀 분위기에 좋지 않을 것 같았다. 이를 악문 채 좁은 축구화에 발을 우겨넣었다. 단단히 조인 축구화 끈을 묶으려는데 손가락에서 자꾸만 힘이 빠져나갔다. 각오했던 일이다. 하지만 나를 향한 비난의 목소리가 심장을 움켜쥐는 것 같았다.

"발 내밀어 봐."

보다 못한 성빈이가 내 신발끈을 묶어 주었다. 지난번 짧게 자른 머리카락이 웃자라기 시작한 성빈이의 뒤통수가 크게 보였다.

"다 지나갈 거야. 오늘만 잘 버티면 돼."

축구화 끈을 다 묶은 뒤 성빈이가 내 어깨를 두드렸다. 때마침 고영표와 코치님이 벤치석 앞으로 걸어왔다. 그걸 본 나는 고개를 푹 숙였다.

"천강호."

뒷짐을 쥐고 선 채 한동안 벤치석을 훑어보던 고영표가 내 이름을 불렀다. 자리에서 벌떡 일어섰다. 그리고 고개를 들었다.

"지금 저 소리가 들리나?"

말없이 고개를 끄덕였다.

"잘 들어 둬라. 저 소리가 바로 진짜 프로 선수가 되었을 때 너희들이 수없이 극복해야 할 벽이니까."

"……."

"세상의 비난에 쉽게 흔들리지 마라. 세상의 응원에도 쉽게 들뜨지 말고. 그게 프로다!"

"……."

"아직 어린 너에겐 너무 가혹한 순간일지도 모른다. 그렇지만 어리다고 해서 약한 건 아니다. 강호는 물론 다른 사람 모두, 처음에는 약했을지 몰라도 지금은 아니라는 뜻이다. 지난 몇 번의 경기를 치르는 동안 우리 모두 조금씩 강해지고 있는 중이니까. 그러니 흔들리지 말고 최선을 다해라. 그거면 된다. 그러면 언젠가는 오늘 경기장에 울려 퍼진 비난이 응원으로 바뀌는 순간도 있을 거다."

모처럼 긴 연설을 마친 고영표가 관계자들과 인사하기 위해 벤치를 떠났다. 그 와중에도 나를 향한 야유는 멈추지 않았다.

"금방 수그러들 거야."

코치님이 말없이 내 어깨를 두드려 주었다.

"대한, 대한, 파이팅!"

"동처어언, 파이팅!"

"우우우우!"

응원 소리와 함께 경기 시작 휘슬이 울렸다.

"헤이, 헤이!"

"패스해! 패스하라고!"

숨이 턱까지 차올랐다.

보여 줄 거야. 내가 해결할 수 있어.

이를 악물고 앞을 향해 달렸다. 순간 시간이 멈춘 것 같았다. 귀가 먹먹해지고 주변의 소음이 사라졌다. 시야도 흐릿해졌다. 세상으로부터 분리된 것 같았다. 내가 있는 세상엔 오로지 나와 상대 팀 골키퍼 두 사람뿐이었다. 다른 사람은 보이지 않았다.

"패스해! 뒷공간 열렸잖아!"

분리된 막을 찢듯이 소리가 들려왔다. 문득 정신을 차리고 보니 내 발을 떠난 공이 상대 골키퍼의 품으로 파고드는 게 보였다.

"야, 천강호! 정신 똑바로 안 차려?"

"우우우우!"

"대한, 대한!"

"동처어언………!"

근수 형이 나를 향해 달려오는 게 보였다. 눈을 깜빡이며 멈칫하는 사이 근수 형의 어깨가 내 어깨를 세게 밀쳤다.

"야, 이 새끼야, 정신 차리라고!"

근수 형이 내 귀에 대고 소리를 질렀다. 나는 고개를 흔들었다.

소리가 너무 많았다. 어떤 소리가 진짜인지 알 수 없었다.

"으악!"

"뒤 조심해!"

"우아아!"

상대 팀 응원석이 들썩거렸다. 선취골을 넣고 기뻐하는 동천고 선수들이 보였다. 멍하니 서 있었다. 선우 형이 다급히 나를 향해 다가오는 게 보였다.

"너, 임마, 다른 애들 뛰는 거 안 보여? 쟤네들 처음으로 전국 대회 나가 보겠다고 죽을힘을 다해 뛰고 있는 거 안 보이냐고!"

선우 형이 악을 쓰며 내게 소리 질렀다. 멍하니 주위를 둘러봤다. 그제야 보이기 시작했다. 무릎을 짚고 숨을 헐떡이는 성빈이와 은찬이, 장훈이…… 골을 막지 못해 괴로워하는 대수 형까지.

"삐이이익!"

경기가 재개되었다.

정신 차리자, 천강호. 제발…….

끝까지 잘난 척이지. 재수 없는 새끼.

왜였을까, 그 순간 태수의 말이 떠오른 것은.

나도 모르게 몸을 부르르 떨었다. 태수 말이 옳아. 지금까지 내가 한 모든 행동이 이기적이었어. 언제나 나만 억울하다고 생각했지. 내 고통이 제일 크고 내 슬픔이 제일 크다고만 생각했어. 다른 사람의 마음 따위 알 필요 없다고 생각했잖아.

그러니까 이게…… 그 대가야.

나는 주먹을 말아쥐었다. 왈칵 눈물이 쏟아져 나올 것 같았다. 이를 악물고 고개를 흔들었다.

하지만 달라질 수 있어. 지금까지 그래 왔다면 앞으로 안 그러면 된다고. 경기는 아직 끝나지 않았으니까.

"앞으로 가! 선우! 사이드!"

그제야 목이 터져라 외쳐 대는 코치님의 목소리가 들려왔다. 호흡을 가다듬고 상대 팀 진영을 향해 달리기 시작했다. 나를 마크하던 상대 수비가 금세 앞을 가로막았다. 선우 형이 넘긴 공이 근수 형의 발에 걸렸다. 나를 본 근수 형이 재빨리 공을 패스했다. 세 명의 수비가 금세 나를 에워쌌다. 그 틈을 타서 근수 형이 공간을 파고들었다.

"나이스 패스!"

내 발을 떠난 공이 근수 형의 발에 착 걸렸다.

"때려! 때려!"

"앗……!"

근수 형이 찬 공이 아쉽게도 골대를 맞췄다. 파란색 유니폼을 입은 7번 선수가 높이 솟은 공을 헤딩으로 따냈다. 등에 적힌 이름이 눈에 띄었다. 7번 한기훈. 고개를 세차게 흔들었다. 네가 누구든 상관없어. 지금 넌 동천고 7번 선수니까.

순식간에 기훈이의 발에 있던 공이 사이드에 있는 9번에게 향했다. 태형이가 기를 쓰고 쫓아가 봤지만 공은 이미 중앙으로 쇄도하는 10번 선수에게 가 있었다. 믿을 수 없을 만큼 빠른 공수 전환이었다. 어떻게든 10번 선수를 막아야 했다. 성빈이와 은찬이가 뒤늦게 올라오고 있었지만 10번 선수의 속도를 따라잡기에는 많이 지쳐 보였다. 아직 수비 숫자가 너무 적었다. 상대 팀 진영으로 내려가 있던 장훈이와 강준이가 올라올 때까지 시간을 벌어야 했다. 10번 선수의 전력 질주를 막아야 했다.

"삐이이익!"

넘어진 10번 선수가 한 팔을 번쩍 들어 올리며 일어섰다. 선우형의 백태클로 인한 파울. 그 상황에선 어쩔 수 없는 선택이었다.

10번 선수가 여유 있게 프리킥을 준비했다. 성공한다면 2 대 0. 분위기는 압도적으로 동천고에 유리했다.

공이 10번 선수의 발끝을 떠났다.

아직은…… 아니다.

손끝으로 공을 튕겨 낸 대수 형이 우리를 향해 두 손을 번쩍 들어 보였다. 노골. 나도 모르게 대수 형에게 달려가 안겼다.

"우아!"

"삐이이익!"

전반전이 끝나는 호각 소리가 들리자마자 양 팀 선수들 모두 제자리에 털썩 주저앉았다. 그만큼이나 모두에게 힘든 경기였다.

어느 때보다 뛰는 양이 많았던 성빈이와 장훈이는 아예 바닥에 드러누웠다. 태형이는 종아리에 경련이 나서 의료진의 응급 조치를 받는 중이었다. 넘어질 때 꺾인 발목이 아픈지 근수 형이 파스를 뿌리며 얼굴을 찡그렸다.

"이제부터가 진짜 승부다. 더 간절하고 절실한 팀이 승리한다. 알겠나?"

"네엡!"

"그리고 강호 넌 이번엔 왼쪽 사이드로 빠져라."

포워드가 아니라 왼쪽 윙어. 갑작스런 포지션 변경이었다. 무슨 의미일까.

"자, 가자!"

삐이익!

의문을 품은 채 경기장에 뛰어들었다. 예상대로 동천고는 초반부터 세게 밀어붙이기 시작했다. 체력이 소진되기 전에 쐐기 골을 넣겠다는 의미였다. 그 뒤 전원 수비에 가담해서 우리 골을 막으면 승리를 가져갈 수 있다고 확신하는 듯했다.

경기장 왼쪽 사이드에 선 채 숨을 내쉬었다.

왼쪽 윙어. 날개라…….

대체 갑자기 왜.

에이, 모르겠다.

더는 생각할 시간이 없었다. 나는 오른쪽 라인을 따라 열심히 뛰어다니는 남규 형을 보며 앞으로 달려 나가기 시작했다.

"달려! 그대로 가!"

"동처언, 파이팅!"

"대한! 대한!"

다행히 나에 대한 야유는 서서히 잦아들고 있었다.

"태형이 나이스!"

이번에도 역시 태형이의 수비 덕분에 위기를 넘겼다. 태형이와 은찬이, 장훈이의 밀집 수비에 상대 팀도 쉽게 골을 터뜨리지 못하고 있었다. 후반 23분. 땀이 비 오듯 흘러내렸다. 호흡이 거칠어지는 만큼 경기도 거칠어지고 있었다. 여기저기서 파울이 끊이지 않았다. 그만큼 지쳐 가고 있다는 증거였다.

"기회다!"

상대 팀 수비 진영 앞으로 떨어진 공을 낚아챘다. 하지만 앞에서 달려드는 수비 숫자가 너무 많았다. 재빨리 옆을 봤다. 남규 형이 오른쪽에서 손을 번쩍 들었다. 재빨리 공을 넘겼다. 그쪽에도 수비 숫자가 많았다. 공격이 여의치 않자 남규 형이 다시 근수 형에게 공을 넘겼다. 근수 형이 앞으로 달려 들어가는 나를 향해 패스한 뒤 중앙을 파고들었다. 그때를 놓치지 않고 다시 근수 형에게 패스했다.

"나이스!"

"으아아악!"

"우아!"

함성이 터져 나왔다.

근수 형이 두 팔을 날개처럼 활짝 펼친 뒤 벤치를 향해 달려갔다. 코치님이 그런 근수 형을 향해 두 팔을 활짝 벌렸다. 아이처럼 코치님 품 안으로 파고드는 근수 형을 보고 모두가 소리 지르며 벤치를 향해 달렸다. 1 대 1. 전광판의 붉은 숫자가 바뀌었다.

그 소중한 한 골이 경기의 흐름을 완전히 뒤바꿔 놓았다.

하지만 이미 체력 소모가 너무 컸기에 그 이상의 득점은 나오지 않았다. 결국 치열한 접전 끝에 경기는 1 대 1 무승부로 마무리되었다. 그리고 시작된 연장전. 수비형 미드필더를 맡았던 성빈이가 날린 중거리 슛이 정확하게 상대 팀 그물망을 흔들었다.

"으아아악!"

"와아아아!"

"와아! 박성비인!"

코치님과 근수 형을 포함한 모두가 경기장에 엎드린 성빈이를 향해 달려가기 시작했다.

나는 셔츠 자락을 끌어당겨 얼굴을 문질렀다. 내 뺨 위에 흐르는 게 땀인지 눈물인지 알 수 없었다.

누구나 스타가 되고 싶어 해

토요일 아침. 생선 굽는 냄새가 온 집 안에 가득했다. 침대에서 일어나 밖으로 나갔다. 소매를 걷어붙인 아빠가 부엌을 분주히 오가며 아침 준비를 하고 있었다. 집 안이 조용한 걸 보니 도운이는 아직 자고 있는 모양이었다. 한 손으로는 프라이팬 위에 놓인 생선을 뒤집으며 또 다른 한 손으로는 한쪽 냄비에 가득 든 카레를 휘젓는 아빠의 등을 물끄러미 바라봤다. 한없이 크고 단단한 문 같다고 생각했는데 이제 보니 그냥 작고 마른 등일 뿐이었다. 저 왜소한 몸으로 하루 종일 높은 운전석에 앉아 혼자서 도로를 달렸을 생각을 하니 마음이 시렸다. 몇 달 전 새벽, 술에 취한 아빠가 고영표에게 했던 말이 기억났다.

'제가 밤중에 운전을 하다 보면요, 솔직히 무서울 때가 있어요. 가도 가도 시커먼 도로가 끝나지 않는 것 같거든요. 근데 희한하게 그때마다 애들 얼굴 떠올리면 겁이 싹 사라져요. 세상 무서울 게 없을 것 같고. 거참, 신기하죠.'

그 말이 내내 가슴에 얹혀 있었나 보다. 아침부터 이런 생각을 하는 걸 보면.

"씻고 옷부터 입어라."

아빠가 가스레인지의 불을 끄며 말했다. 나도 모르게 눈썹 위로 손이 갔다. 아빠가 싫어하는 행동이었다. 그걸 깨닫자 얼른 손을 내렸다. 다행히 아빠는 보지 못했지만.

"아빠……."

카레 묻은 국자를 든 채 아빠가 뒤를 돌아봤다.

"몸조심하셔야 돼요."

아빠는 말없이 미소 짓기만 했다.

"아, 진짜…… 아빠 잘못되면 도운이랑 나……."

"이삿짐 좀 나른다고 사람 안 죽는다. 너, 나를 어떻게 보고 하는 소리냐?"

나름 농담이었지만 하나도 웃기지 않았다.

"이제 아빠도 정착을 해야지. 그래야 너 뛰는 것도 보러 다닐 수 있고."

"그래도 걱정돼요."

"임마, 아빠도 이제 어엿한 사장이다. 축하는 못 해 줄망정."

"아니, 축하는 하죠. 근데 걱정도 되고."

"이제 다 컸구나. 부모 걱정할 줄도 알고."

"아니, 내가 언제는……."

"그러다 늦겠다. 어여 씻어."

"으으, 나 카레 싫은데……."

때마침 냄새를 맡았는지 도운이가 기지개를 켜고 나오며 툴툴거렸다.

"너는 싫어도 몸에는 좋다."

"급식 때 맨날 먹는데."

도운이가 말대꾸하는 사이 화장실로 갔다.

간단히 샤워를 마친 뒤 방으로 돌아왔다. 언제 꺼내 놓았는지 침대 위에 축구 유니폼과 양말이 나란히 놓여 있었다. 유니폼을 입고 밖으로 나왔을 때는 식탁 위에 아침 밥상이 차려져 있었다.

"든든히 먹어라."

가시를 발라 낸 갈치 한 토막을 내 밥그릇 위에 올려 주며 아빠가 말했다. 짭조름한 생선살이 바삭했다.

"나는?"

도운이의 어리광에 아빠 손이 분주했다.

"평소처럼 하면 된다. 긴장하지 말고."

미리 준비해 둔 말처럼 어색했다. 나는 입안에 가득 든 밥알을 씹으며 고개를 끄덕였다.

카레가 싫다던 도운이는 어느새 밥 한 그릇을 싹 비운 뒤 숟가락을 내려놓았다. 그러곤 나를 빤히 쳐다봤다.

"개멋져."

"내가 좀 멋지지."

나는 상체를 뒤로 뻗대며 폼을 잡았다.

"아니, 형 말고 유니폼. 개간지 나."

"조용히 하고 밥이나 먹어."

"나 밥 다 먹었는데?"

도운이가 놀리듯 고개를 흔들었지만 가볍게 무시했다.

"드디어 왕중왕전 진출이다!"

"아직 안 했거든?"

내 말에 도운이가 입꼬리를 내렸다.

"늦겠다. 서둘러라."

잠자코 우리 대화를 듣고 있던 아빠가 휴대폰으로 시간을 확인했다. 찬물로 입안을 헹군 뒤 자리에서 일어났다.

"다녀오겠습니다."

가방을 어깨에 걸친 뒤 꾸벅 고개를 숙였다. 고개를 들었을 때는 아빠가 내 얼굴을 가만히 올려다보고 있었다. 내 키는 어느새 아빠 키를 훌쩍 넘어선 지 오래였다. 나도 모르게 또 눈썹 위로 손이 올라갔다.

"천강호 파이팅!"

뒷짐을 지고 현관 문턱에 서 있던 도운이가 난데없이 주먹을 흔들며 소리쳤다.

"강호야……."

현관문 손잡이를 잡았을 때 아빠가 내 이름을 불렀다. 조용히 뒤돌아봤다.

"아빠한테는 너랑 도운이가…… 최고로 반짝이는 별이다. 다른 사람들이 뭐라고 하건 그 사실은 변하지 않아. 그러니까……."

"알아요, 아빠."

아빠도 들었을 것이다. 지난 경기에서 사람들이 나를 향해 퍼붓던 야유에 대해.

"알면 됐다."

막상 말하고 보니 쑥스럽다는 듯 아빠가 얼른 가라며 손을 흔들었다. 나는 아빠를 향해 씨익 웃었다. 그리고 어깨에 멘 가방을 추스른 뒤 문을 열었다.

아빠, 난 괜찮아요. 숨기만 하고 도망치기만 했던 지난겨울의 강호가 아니라고요. 난 점점 강해지고 있으니까.

못다 한 말들이 가슴속에서 간지럽게 웅웅거렸다.

문밖을 나서니 골목 앞에 주차된 1.5톤짜리 트럭이 보였다. 새하얀 페인트칠 위에 파란 글씨로 '봄여름가을겨울'이라고 적혀 있는 게 보였다.

"지금은 작게 시작하지만 나중엔 더 큰 트럭도 사게 될 거다."

어제저녁, 나와 도운이 앞에서 앞으로의 포부를 얘기하는 아빠 얼굴은 어느 때보다 환해 보였다. 늘 그늘져 있다고 생각했는데 아빠 얼굴 어디서 그런 밝은 표정이 나오는지 신기할 정도였다.

"근데 왜 봄여름가을겨울이야?"

도운이가 고개를 갸웃거리며 묻자 아빠가 가만히 우리 두 사람을 번갈아 바라보았다.

"그거…… 엄마가 옛날에 좋아했던 밴드 이름이다. 나중에 너희가 크면 작은 북카페 같은 걸 만들어서 카페 이름을 그렇게 짓자고 약속했지……."

"에이, 엄마가 알면 속상하겠다. 멋진 카페가 아니라 이삿짐센터라서."

장난스레 입을 삐죽거리는 도운이를 아빠가 지그시 바라보았다. 태어나자마자 할머니 손에 맡겨졌다가 다섯 살이 되어서야 집에 올 수 있었던 도운이였다. 아픈 엄마를 돌보기 위해 어쩔 수 없는 선택이었다고는 해도 아빠는 그 일을 무척이나 가슴 아프게 생각했다. 아빠가 도운이를 바라보는 시선에는 늘 그런 미안함과 애틋함이 담겨 있다는 걸 알기에 나에게도 도운이는 아픈 손가락 같았다. 잘 부탁한다. 나는 주차된 트럭의 옆면을 손으로 쓰다듬은 뒤 앞을 향해 걷기 시작했다.

"오늘 상대는 중공고다. 너희들도 알다시피 상대 10번 포워드는 신체 조건이 좋고 빠른 데다 순간적인 판단력이 좋은 선수다. 그리고 9번은 프리킥과 헤딩슛이 장점인 선수고. 7번 선수는 아직 1학년이지만 반 박자 빠른 패스 타이밍과 공간 침투력이 무서울 정도다. 10번이 최고의 공격수로 불리는 데는 7번 선수의 기여가 아주 크다고 할 수 있지. 이 선수를 잡지 못하면 오늘 시합은 아주 힘든 경기가 될 거다."

코치님이 말한 7번 선수는 태수였다. 그리고 태수에 대한 코치

님의 평가는 정확했다. 나는 눈에 힘을 준 채 코치님의 분석을 귀
담아들었다.

"하지만 아무리 강한 팀이라도 어딘가에는 허점이 있게 마련이
다. 며칠 동안 감독님과 경기 영상을 돌려 보면서 우리가 그 허점
을 찾아냈다. 바로 여기!"

코치님이 작전판의 자석을 이리저리 움직였다. 그러자 10번과 9
번, 그리고 7번으로 연결되는 삼각형이 그려졌다. 코치님이 7번과
9번 사이의 빈 공간을 가리켰다.

"이 두 선수 사이에 공을 주고받는 일정한 패턴이 있다. 그 패턴
을 무너뜨리면 승산이 있다. 강호와 장훈이, 그리고 강준이가 7번
을 맡아라. 9번은 성빈이, 은찬이, 태형이가 맡고. 공격을 차단한 뒤
강호가 공을 따내면 선우랑 근수, 남규는 재빨리 상대 팀 진영으
로 올라가라. 빠른 역습으로 골 찬스를 만들어 내야 한다. 이상!"

코치님의 분석이 끝난 뒤 바닥에 내려놓은 짐을 챙겨 일어섰다.

"얘들아, 중공고 잡고 결승 가자!"

"오케이! 결승이다!"

"우리가 왕이다!"

대수 형의 오버스러운 말에 여기저기서 웃음이 터졌다.

"강호는 잠깐 남아라."

주섬주섬 가방을 챙기던 나는 고영표의 말에 주위를 둘러봤다.
본부석을 떠난 코치님과 아이들이 대기 중인 버스를 향해 가고 있
었다. 텅 빈 본부석 한가운데에 고영표와 나 두 사람이 마주 보고

193

서 있었다.

"……스타가 되고 싶으냐?"

뜬금없는 소리에 눈을 크게 떴다. 고영표의 강한 시선이 내 눈을 향했다. 한동안 고영표와 나 사이에 침묵이 흘렀다. 그 침묵을 깨고 고영표가 입을 열었다.

"축구 선수라면 누구나 꿈꾸는 장면이 있지. 결정적인 골을 넣고 팀을 위기에서 구하는 장면 말이다. 그런 선수를 우리는 스타라고 부르고."

"……."

"바로 중공고의 10번 선수처럼. 하지만 7번 선수가 없다면 10번도 없었겠지. 10번은 그걸 알고 있고. 그래서 그들은 자신을 위해서가 아니라 서로를 위해서 뛴다. 최고의 스트라이커가 없다면 최고의 미드필더도 없다는 걸 알기 때문이지."

다리가 떨려 왔다. 흔들리지 않으려고 두 주먹을 세게 말아 쥐었다. 말 한마디가 사람을 뒤흔들 수도 있다는 걸 처음 알았다.

"지난번 갑작스런 포지션 변경에 대해 이유를 물은 적이 있지?"

"……."

"이게 내 대답이다."

"……."

"최고가 되고 싶으면 너랑 함께 뛰는 선수를 최고로 만들어라. 그건 생각보다 훨씬 기분 좋은 일일 거다."

"……."

"명심해라. 이건 너 혼자만의 싸움이 아니라 우리 모두의 싸움이라는 것을."

그렇게 말한 뒤 고영표는 내 얼굴에 스치는 표정을 짧게 훑었다. 그러고는 뒤돌아서 버스를 향해 천천히 걷기 시작했다.

나는 혼자서 조용히 입술을 깨물었다.

윙어. 왼쪽 날개.

그리고 오른쪽 날개.

그제야 나는 깨달았다. 내가 아무리 힘찬 날갯짓을 해도 혼자서는 결코 날아오를 수 없다는 사실을. 포지션 변경은 내 이기적인 플레이에 대한 말 없는 질책이자 가르침이라는 것을.

"어, 저기 도운이 아냐?"

경기장 가장자리를 따라 몸을 풀고 있을 때 성빈이가 내 어깨를 툭 치며 말했다. 그 말에 고개를 들어 관중석 앞쪽을 살폈다. 붉은색 티셔츠를 입은 도운이가 금세 눈에 띄었다. 나를 본 도운이가 내 이름을 부르며 두 손을 흔들었다.

"헐, 저기……."

아빠였다. 아침에는 별말이 없더니 깜짝 쇼라도 하는 건가 싶어 슬며시 웃음이 났다. 도운이와 아빠를 향해 손을 흔들어 주려는데 아빠 옆으로 누군가 다가오는 게 보였다. 자세히 보려고 미간에 잔뜩 주름을 잡았다. 설마……. 다시 눈을 비비고 봐도 틀림없었다. 중학교 때 늘 간식을 싸 들고 훈련장을 찾던 태수 부모님을 내가

195

못 알아볼 리가 없었다. 무슨 일이 벌어질까 싶어 조마조마한 심정으로 관중석을 지켜봤다.

태수 아버지가 내민 손을 아빠가 붙잡았다. 그러고는 뭐라고 말을 주고받으며 악수를 나누었다. 태수 어머니가 도운이의 머리를 쓰다듬는 게 보였다. 한눈에 봐도 험악한 분위기는 아니었다. 악수를 마친 뒤 태수 아버지는 아빠를 향해 정중히 허리 숙여 인사했다. 당황한 아빠가 잠시 허둥지둥하는 사이 태수 어머니도 허리를 숙였다. 그제야 아빠도 두 사람을 향해 허리를 깊이 숙였다. 그런 뒤 태수 부모님은 다시 중공고 관중석을 향해 걸어갔다.

"별일 없는 것 같지?"

"그러네……."

겨우 안심한 뒤 관중석으로부터 눈을 돌리려는 데 성빈이의 표정이 순간 얼어붙었다.

"왜, 또?"

성빈이의 시선이 어느 한곳에 고정되어 있었다. 그 시선을 따라갔다. 누군가 본부석 아래 계단까지 음료수 상자를 나르고 있었고, 그 옆을 성빈이의 부모님이 지키고 서 있었다.

"알고 있었어?"

내 말에 성빈이가 고개를 흔들었다.

"그나저나 오늘 뭔 날이냐. 가족들이 아주 총출동을 하셨네."

옆에서 은찬이가 실실 웃으며 말했다.

아, 진짜…… 당황한 성빈이가 거칠게 머리를 쓸어 올렸다. 그 모습을 보자 중학교 때 시합이 생각났다. 모처럼 경기를 보러 온 아빠에게 잘 보이고 싶었던 성빈이는 오히려 평소에는 잘 하지 않던 실수를 했다. 그 실수가 결국 자책골로 이어져 그날 우리 팀은 패배하고 말았다. 그날 성빈이는 숙소에서 몹시 앓았다. 패배뿐만이 아니라 가장 가까운 사람한테 인정받지 못했다는 사실 때문에 더 아팠을 것이다.

나는 성빈이를 물끄러미 바라봤다. 예상대로 성빈이는 벌써부터 주먹을 쥐었다 폈다 하며 긴장하기 시작했다. 성빈이의 어깨를 가볍게 두드렸다.

"그냥 하자."

성빈이가 불안한 얼굴로 나를 봤다. 그리고 물었다.

"뭘."

"축구."

"뭔 소리야……."

"다른 사람한테 인정받거나 증명하기 위해서 하는 축구 말고 그냥 축구 하자고."

"……."

"부모님 오시면 너 부담스러워하는 거 아는데, 그래도 그냥 하자고. 누구한테 보여 주는 축구 말고. 우리가 좋아서 뛰는 거잖아. 그니깐 그냥 뛰면 돼."

내 말에 성빈이가 잠시 생각에 잠기는 듯했다. 때마침 성빈이 부모님이 우리 쪽 벤치를 향해 다가왔다. 우리 팀 아이들이 성빈이

부모님을 향해 인사했다. 나도 얼른 뛰어가서 인사했다. 성빈이 혼자만 멍하니 서 있었다. 성빈이 아빠가 성빈이가 서 있는 쪽을 향해 걸어갔다. 그러곤 말없이 성빈이의 어깨를 두드린 뒤 관중석을 향해 걸어가기 시작했다. 그런 두 사람을 가만히 지켜보던 성빈이 엄마가 성빈이의 어깨를 감싸 안았다.

"엄마가…… 너무 늦게 와서 미안해. 오늘 열심히 응원할게."

얼떨떨한 얼굴로 서 있던 성빈이는 그제야 엄마 얼굴을 봤다. 그러곤 뭐라고 말을 하며 쑥스럽다는 듯 뒤통수를 긁적였다.

"쟤가 태수냐?"

한참 몸을 푼 뒤에 벤치로 돌아와 앉았더니 장훈이가 옆 벤치를 노려보며 내 옆구리를 찔렀다. 내가 고개를 끄덕이자 은찬이도 상체를 쏙 내밀고 옆을 노려봤다.

"같은 1학년이라면서 피지컬 장난 아니네."

은찬이의 말에 강준이와 성빈이도 상대 팀 벤치를 향해 고개를 돌렸다.

"야, 우리도 이만하면 괜찮아. 기죽을 필요 없어."

말은 그렇게 했지만 수비수인 태형이의 얼굴에는 벌써부터 걱정이 한가득이었다. 순간 스트레칭을 하고 있던 태수가 이쪽을 바라봤다. 급히 얼굴을 돌렸지만 소용없었다. 태수가 벌써 내 앞에 와 있었던 것이다.

"이야, 드디어 경기장에서 만나네."

"우씨, 뭐라는 거야?"

옆에 앉아 있던 성빈이가 괜히 발끈해서 일어섰다.

"됐어, 그만해."

성빈이의 옷자락을 잡아당겨 앉힌 뒤 자리에서 일어났다.

"너랑 나, 둘 중 누가 더 강한지 겨뤄 보자고."

태수가 발목을 슬슬 돌리며 말했다.

"임마, 겨뤄 보긴 뭘 겨뤄 보냐? 당연히 우리가……."

"아, 쫌……."

그동안의 일을 아는 성빈이가 참지 못하고 자꾸만 끼어들었다. 그런 성빈이를 말리느라 오히려 진땀이 났다.

"여기서 괜히 힘 빼지 마라. 경기장에서 힘들 텐데."

"오, 충고 감사!"

피식 웃던 태수가 그렇게 말한 뒤 다시 자기 팀 벤치를 향해 걸어갔다. 그런 태수의 뒷모습을 향해 나도 모르게 주먹을 꽉 쥐었다. 내가 널 이길 거야. 정정당당하게 승리할 거야.

"조심해! 또 간다!"

전반 10분. 첫 골은 중공고에서 터졌다. 경기 초반 연이은 세트피스 상황에서 어이없는 실점을 하고 만 것이다. 그 여세를 몰아 상대는 끊임없이 슈팅을 날렸다. 예상했듯이 거의 대부분의 공격이 태수의 발끝에서 시작되고 있었다. 10번이 마음껏 슈팅하지 못하도록 태형이가 악착같이 따라붙었지만 저보다 머리통 하나는 큰 상대의 피지컬을 감당하기에는 역부족이었다.

"파울! 파울이라고!"

거친 몸싸움에 벤치에서 여러 번 항의했지만 주심은 경기를 계속 진행시켰다. 태수와 부딪쳐 넘어져 있던 나는 벌떡 몸을 일으켰다. 그리고 공을 몰고 내달리는 태수 뒤를 죽어라 뒤쫓아 갔다. 강준이와 장훈이가 양옆에서 거리를 좁혀 오는 게 보였다. 빨리 와라. 제발. 빨리. 속으로 외치며 달려 나갔다.

혼자서 태수를 막을 방법은 없었다. 어깨싸움도 전혀 통하지 않았다. 오히려 태수한테 부딪히면 나가떨어지기 일쑤였다. 그때마다 나는 다시 일어섰다. 태수를 막기 위해서라면 몇 번이고 다시 일어설 수 있었다.

장훈이와 강준이가 태수 앞을 가로막았다. 나는 태수 옆 공간을 파고들었다. 태수가 9번 선수에게 공을 연결하지 못하게 미리 퇴로를 차단할 셈이었다. 그러나 너무 늦었다. 나보다 반 박자 빠른 타이밍에 때린 공이 어느새 9번을 향해 가고 있었다. 그리고 9번에게 연결된 공이 다시 10번을 향해 띄워졌다. 높이 뜬 공이 10번 스트라이커의 발에 정확히 맞는 순간, 나도 모르게 얼굴을 감싸고 주저앉았다.

2 대 0. 전광판의 숫자가 바뀌었다. 그걸 보자 가슴도 타들어 가는 것 같았다.

"뭐 해! 아직 안 끝났잖아!"

코치님의 호령에 정신이 번쩍 들었다.

벌떡 일어서서 달리기 시작했다. 넘어지면서 부딪힌 정강이뼈가 욱신거렸지만 참을 수 있었다. 눈 깜짝할 새 태수의 발을 떠난 공이 9번 선수의 머리를 향했다.

"막아! 막으라고!"

순간 대수 형이 몸을 날렸다. 다행히 공은 골대를 맞고 튕겨 나갔다. 다섯 번째 세트피스였다. 태수가 반대 방향을 향해 크로스를 올렸다. 우리 팀 선수와 상대 팀 선수들이 뒤섞여 있어 시야가 가로막혔다. 눈을 질끈 감고 발돋움을 했다. 그리고 높이 뛰었다. 내 머리를 맞고 붕 뜬 공이 우리 팀 진영으로 갔다. 근수 형과 선우 형, 남규 형이 공을 주고받으며 달리기 시작했다. 상대 수비수가 올라오기 전 남규 형이 중간에서 슛을 날렸지만 안타깝게도 상대 골키퍼의 손을 맞고 튕겨 나갔다.

삐이이익!

2 대 0

그대로 전반전이 끝났다.

그리고 다시 시작된 후반전.

전반전에서의 치열한 몸싸움으로 체력이 바닥나기 시작했다. 태수는 강했다. 내가 생각했던 것보다 훨씬 더. 그 깨달음이 내 안의 뭔가를 일깨우기 시작했다. 나는 이를 악물었다. 그리고 태수를 보며 속으로 외쳤다.

네가 최고의 미드필더라면……

나는 최고의 윙어가 될 거다.

"됐다!"

공중에서 떨어진 공을 따냈다. 생각할 틈도 없이 무조건 앞으로 달렸다. 한 명, 두 명, 세 명…… 상대 팀 수비수들이 나를 향해 몰려들었다.

"강호 좋아! 돌파해!!"

빠른 속도로 공을 몰고 나가다 순간적으로 상체를 흔들었다. 상대 수비수 한 명의 몸이 오른쪽으로 기울었다. 그 틈을 타 두 명의 수비수 사이를 빠져나갔다. 그 뒤 바깥쪽으로 공을 미는 척하다가 안쪽으로 끌어당겨 방향을 틀었다. 그렇게 또 한 명의 수비수를 제쳤다. 그다음에는 무조건 달렸다.

가자 천강호! 이제부턴 닥치고 돌파다!

뒤늦게 속았다는 걸 안 세 명의 수비수가 나를 뒤따라왔다. 상대적으로 반대편 패널티 뒷공간에 공간이 생겼을 것이다. 나는 한 번 더 키 큰 수비수를 따돌리고 패널티 지역이 아닌 오른쪽 사이드 중간 지점을 향해 크로스를 올렸다. 발이 빠른 근수 형이 제때 도착하기만을 빌면서. 제발, 제발……!

"슈우우웃!"

"와아아아!"

"으아아아악!"

근수 형이 나를 향해 달려오는 게 보였다. 나도 근수 형을 향해 뛰었다. 차마 골대를 벗어나지 못한 대수 형이 반대편에서 악을 쓰며 기뻐하는 게 보였다. 2 대 1.

"얘들아, 집중! 집중해!"

라인 밖에서 코치님이 목이 터져라 외치고 있었다.

다시 경기가 시작됐다. 기세를 몰아 계속 끊임없이 공격을 시도했다. 예상치 못한 공격 루트에 상대 팀도 당황하는 듯했다.

한 점만, 딱 한 점만 더 따자!

간절했다. 절실했다. 이번만큼은 반드시 이기고 싶었다.

간절한 만큼 마음이 조급해졌다. 나뿐만 아니라 모두가 그런 것 같았다. 후반전이 끝나갈수록 연달아 패스 실수가 나왔다. 여러 차례 공격을 시도했지만 골은 쉽게 터지지 않았다. 우리 팀 모두 몇 번을 넘어지고 일어섰다. 바닥난 체력을 정신력으로 끌어모으고 있었다.

"시간 얼마 안 남았다! 조금만 버텨!"

상대 팀 코치진들도 지친 선수들을 독려하기 위해 외치고 있었다. 반대편 라인으로 넘어간 공은 쉽게 우리 쪽으로 넘어오지 않았다. 자기 팀 패널티 지역에서 여유 있게 공을 돌리며 버티기 전략에 들어간 것이다.

5분, 4분, 3분……

이대로 지면 끝이다!

"얘들아, 포기하지 마! 아직 게임 안 끝났잖아!"

"좋아, 전원 공격이다!"

근수 형의 말에 골키퍼인 대수 형만 남겨 두고 모두가 상대 팀 진영을 향해 달려들었다. 공을 뺏으려는 팀과 뺏기지 않으려는 팀 사이에 치열한 어깨싸움이 벌어졌다. 여기저기 넘어지고 쓰러지고 비명 소리가 들렸다. 모두 공을 지키거나 따내기 위한 정당한 파울이었다. 그사이 누군가의 머리를 맞은 공이 공중으로 높이 치솟았다. 누군가 내 어깨를 짚고 헤딩을 시도했지만 빗나간 공이 기적처럼 내 앞에 뚝 떨어졌다.

간다!

닥치고 돌파다!

하나, 둘, 셋…… 내 앞을 막지 마. 비키라고!

중앙으로 쇄도하는 근수 형에게 공을 넘겼다. 다리가 마비된 것 같았다.

삐이이익!

경기가 끝났다. 그와 동시에 전광판의 숫자가 바뀌었다.

2 대 2.

숫자를 확인하자마자 오른쪽 허벅지를 잡고 뒹굴었다. 햄스트링이었다.

벤치에서 간단한 응급 처치를 받았다. 태형이와 장훈이도 종아리에 쥐가 나 처치를 받았다. 그리고 이어진 연장전 역시 치열한 접전이 펼쳐졌다. 양 팀 선수 모두 지쳐 가고 있었기에 쉽게 승부가 나지 않았다. 결국 연장전도 무승부로 마무리되었다. 그리고 시작된 승부차기.

나와 성빈이, 은찬이, 장훈이, 그리고 강준이와 형들 모두……

서로의 어깨에 손을 올린 채 패널티 라인 바깥에 섰다. 상대팀 선수들도 마찬가지였다. 그 넓은 운동장에 숨소리 하나 들리지 않았다. 키커와 골키퍼 사이에 팽팽한 긴장감이 감돌았다. 첫 번째 키커로 나선 선우 형이 가볍게 골을 성공시키자 우리는 환호했다. 그리고 나와 은찬이, 성빈이가 차례로 골을 성공시켰다. 상대 팀도 계속해서 득점에 성공했다.

"황대수 파이팅!!"

민규 형의 외침에 대수 형이 브이 자를 그리며 씨익 웃었다. 그러곤 곧바로 상대 키커를 노려봤다. 현재 스코어 4 대 4. 남은 선수는 각각 한 명뿐이었다.

삐이이익!

주심의 호각 소리에 9번 키커가 공을 때렸다.

"와아아!"

"하아……."

환호와 안타까운 함성이 동시에 터졌다. 9번 키커가 두 손으로 얼굴을 감싼 채 주저앉았다.

남은 키커는 근수 형이었다. 근수 형이 패널티 라인 중심에 공을 놓고 뒤로 한 발 물러섰다. 모두가 간절한 마음으로 근수 형의 등을 쳐다보았다.

삐이이익!

공이 골망을 흔들었다!

"으악! 으아아악!"

그제야 다리에 힘이 풀렸다. 시간이 멈춘 것 같았다. 대수 형과 선우 형, 근수 형이 한데 엉켜 운동장에 엎드렸다. 태형이와 장훈이, 강준이가 그 위를 펄쩍 뛰어 올라탄 채 엎드렸다. 나와 성빈이, 은찬이도 경기장에 드러누웠다. 코치님과 고영표가 우리를 향해 달려오는 게 보였다.

이겼다.

내가 아니라 우리가.

드디어, 날아올랐다.

우리가 승리의 기쁨에 도취되어 있는 동안, 골문 앞에 주저앉아 있던 태수가 몸을 일으켰다. 그러곤 우리 쪽을 향해 천천히 걸어왔다. 그걸 보고 나도 자리에서 일어났다. 성빈이와 은찬이도 눈물을 훔치며 자리에서 일어났다.

땀으로 흠뻑 젖은 태수가 한 손을 내밀었다. 그리고 말했다.

"이왕 이렇게 된 거, 우승해라."

나는 태수가 내민 손을 붙잡았다. 처음 마주 잡아 본 태수의 손이었다.

"너, 잘하더라. 오늘 보니까 실력은 네가 한참 위야."

내 말에 태수가 피식 웃었다.

"너도 잘했어."

쑥스러웠다. 눈썹 위 흉터를 만지작거리며 씨익 웃었다.

"동계 대회 때 다시 만나자."

207

"좋아."

돌아서는 태수의 뒷모습을 오래 쳐다보았다. 난 널 이긴 게 아니야. 그 뒷모습을 보며 생각했다. 너도 패자가 아니고.

성빈이가 다가와 내 어깨에 팔을 올렸다. 눈물로 얼룩진 성빈이의 얼굴을 보자 웃음이 터져 나왔다. 내가 왜 웃는지도 모르면서 성빈이가 따라 웃었다. 고개를 돌리니 10번 스트라이커가 태수의 어깨에 팔을 올리는 게 보였다. 그리고 두 사람은 나란히 경기장을 걸어 나갔다.

"얘들아, 내가 말했지? 우리가 왕이라고!"

대수 형이 자기 가슴을 두 주먹으로 때리며 허세를 부렸다. 그걸 본 모두가 키득거리며 웃기 시작했다. 눈물 섞인 웃음소리가 파도처럼 밀려왔다. 나는 두 팔을 활짝 벌린 채 우리를 향해 달려오는 코치님을 보며 생각했다. 오늘 우리는 누구도 지지 않았다고. 아무도 지지 않는 경기, 그런 게 세상에는 있는 것 같다고.

미래의 나에게

안녕, 강호야.

이번이 너에게 보내는 두 번째 편지야. 지난번에 쓴 편지는 아무리 찾아봐도 없더라. 그걸 간직하고 싶었는데 그러지 못해서 아쉬워. 그 편지에서 내가 잘 지내고 있냐고 물었던 거 기억해? 이 편지는 그때 그 안부에 대한 답장이야.

음, 그동안 너무 많은 일들이 있어서 무슨 이야기부터 시작해야 될지 모르겠다. 그래, 왕중왕전 얘기를 먼저 해야겠다. 네가 궁금해할지는 모르겠지만.

우리가 중공고를 꺾고 결승에 진출했다는 소식이 전해지자 학교는 그야말로 난리가 났지. 한동안 학교 정문에 결승 진출을 축하하는 플래카드가 걸려 있었어.

평소 축구에 별 관심 없던 애들까지도 우리가 훈련하는 모습을 구경하러 본부석 옆 계단에 앉아 있곤 했지. 솔직히 그런 관심이 싫진 않았지만 부담스럽기도 했어.

코치님은 그것도 우리가 감당해야 할 몫이라고 하셨어. 우리를 응원하거나 비난하는 사람들도 축구의 일부라고.

　결승에서 만난 팀은 한영고였어. 지난 전국 대회에서 준우승을 했던 팀이었지. 결국 우리는 한영고의 높은 수비벽을 넘지는 못했어. 결과는 3 대 0. 완패였지.

　계속되는 승리로 자신감이 넘쳐났던 우리는 그 결과에 충격을 받았어. 광역 우승 팀끼리 펼치는 왕중왕전에 꼭 나가 보고 싶었는데, 아쉽게도 거기서 멈춰야 했거든. 나중에 경기 영상을 돌려 보니 우리 팀 실력이 한참 부족하다는 걸 알 수 있었어.

　감독님은(이제 고영표라고 하지 않을게.) 이번 패배가 우리를 더 성장시킬 거라고 하셨어. 그리고 패배 없이는 승리도 없다고 말씀하셨지. 중요한 건 우리에겐 아직 남은 목표가 있다는 거야. 내년엔 반드시 왕중왕전에 진출하고 말 테니까.

　그걸 위해 요즘도 매일같이 운동장에서 땀을 흘리고 있는 중이야. 감독님 말씀대로 이제부터 시작인 셈이지.

　참, 태수 이야기를 해야겠네. 이건 틀림없이 네가 흥미로워할 것 같으니까.

　태수는 학기 초에 사귀었던 친구들과 완전히 관계가 틀어졌다고 해. 걔들한테 이용당했다는 걸 알게 된 태수가 노랑머리가 있는 반에 가서 싸움을 걸었대. 완전 미친놈이지.

　사실 노랑머리 그 녀석, 허풍이 너무 심해서 그 무렵엔 다른 애들도 노랑머리 말을 믿지 않기 시작했대. 그래서인지 태수가 싸움을 걸자 겁을 잔뜩 먹고 사과했다는데, 사실 이건 태수가 직접 한 말이라 확실한 건 나도 잘 몰라. 아무튼 축구부 형들이 노랑머리한테 한마디한 것도 꽤 도움이 됐다나 봐.

그 후 태수는 민아랑 본격적으로 사귀기 시작했어. 솔직히 그건 좀 부럽더라. 녀석이 전교 1등이랑 사귀다니. 그래도 민아가 태수한테 좋은 영향을 끼치고 있는 건 확실해. 지난번 연습 경기 때 봤는데, 민아가 응원을 와서인지 태수의 표정이 아주 밝더라고. 곁에 좋은 친구가 있다는 건 정말 좋은 일인 것 같아.

음, 그리고 난 아주 잘 지내고 있어. 맨날 훈련만 하느라 게임 할 시간도 없다는 게 문제긴 하지만.

나중에 네가 이 편지를 꼭 읽어 봤으면 좋겠다.

그럼 이 모든 일도 다 지나간 일이 되어 있겠지?

어떤 건 너무 빨리 지나가 버린 것 같고 또 어떤 일은 별로 떠올리고 싶지 않을지도 몰라. 어쩌면 실수투성이였던 과거의 내 모습을 별로 좋아하지 않을지도 모르겠다.

언젠가 아빠가 그랬지. 인간은 불완전한 존재라고. 그래서 늘 실수하고 실패하지만 그걸 딛고 일어서는 게 또 인간이라고. 그 말을 듣고 난 지난날의 나를 더 이상 미워하지 않기로 했어. 좋은 점도 나쁜 점도 모두 나의 일부이니까.

너도 그렇게 생각했으면 좋겠다. 좋은 일이든 나쁜 일이든 어차피 일어난 일은 일어난 일이고 우리에겐 앞으로가 더 중요하니까. 실은 이 말을 꼭

해 주고 싶었어. 혹시라도 너에게 힘든 일이 있다면 이 편지를 읽고 용기를 냈으면 해서 말이야.

내 편지는 여기까지야. 다음에 생각나면 또 편지 쓸게.

그럼, 안녕.

추신 : 네가 계속해서 잘 지냈으면 좋겠다.